人生一世，总要经些风雨，历些磨难。

此番一劫，又有何惧，想人间几多兴废事，也只作渔樵闲话。

村夫田间荷锄，凡妇竹林浣纱，莺歌啼尽山野，繁花开满阡陌。
灯影之下，一茶一饭最见深稳。方寸之间，一草一木也是境界。

一夜风声紧，只觉天地变色，换了人间。
推窗河山依旧，未曾改颜。

我们无须铭记每一段岁月，

你曾经拥有过的，都是最好的时光。

你看，春风如水，山河温柔，

一花一木都是你我喜爱的模样。

人在世间行走，不可孤芳自赏，亦不必委曲求全。

山水虽无价，也不必谁人赐予，四季之景，只要心有思慕，便可尽情赏阅。

春折一枝牡丹，夏饮一盏清茶，
秋寻一山红叶，冬候一窗风雪。

人生已過
大半都
是無聊
生涯
如今獨
坐霧隔
而看看
梅花
戊戌冬·寒·日
老樵問心·記

那长于仙山的梅花，亦不喜终日守着寂寞寒林、清凉山岭。

她消去冰雪之身，移步人间，看世态繁华，尝人情冷暖。

不慕虚名，不贪浮利，
是为淡泊。不生怅念，
不多忧虑，更是一种清净。
甘心做的事，怎样都觉有情意。
温柔地看待世界，日子都是好的。

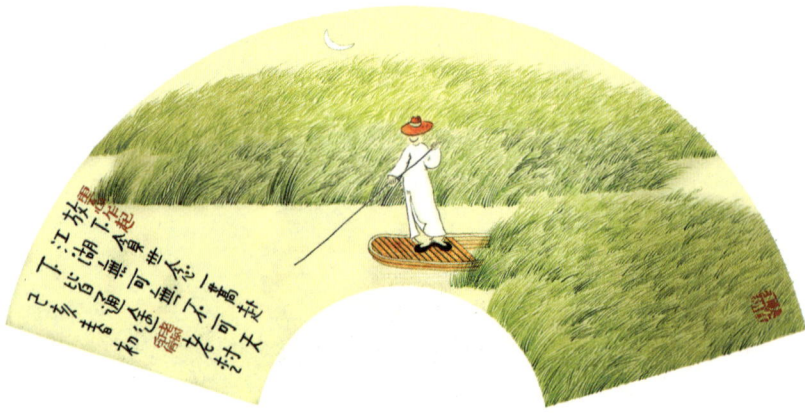

白落梅 作品

人生怎可安闲

湖南文艺出版社
HUNAN LITERATURE AND ART PUBLISHING HOUSE

博集天卷
CS-BOOKY

人生一世，不可安闲

静候华枝春满，
等待新月变圆

人世多艰，风云难测，幸运的是我们一直都在。

年后的天气的瓦当被洗得清澈发亮，连苔藓都不来眷顾。

久违了，这阴雨人间的一缕和暖阳光。尽管我知道短暂，却对其有着惜之不尽的情意。

往年这时候，我已去山林赏梅，或是茶园观景。如今，闲寄在故里的小城，凡人一个，过着足不出户的日子。可叹，不必奔碌的我们，竟不习惯这样的宁静。

记得村口有一株年老的梨树，总是早于这个春天，开着白花，涨满眼帘。旧时归来，每逢乡间漫步，不免驻足看她洁白胜雪，芳菲明媚。

想来，江南城郊的梅林已是一片花海，香韵不绝。梅花清冷，不喜世人熙攘纷繁，如今赏花人去了何处？漫山的梅，是否会感叹"万径人踪灭"的苍茫？

有些人，为了使命，奔赴于没有硝烟的战场，死生不问，无声无息。有些人，静守在光阴的屋檐，等待行将而至的春暖花开。

我知道，盛世之下，灾劫终要过去。那时惶恐远离，山河平静，众生喜乐。以往漫不经心的你我，亦知晓感恩，懂得珍惜，学会情深。

而那长于仙山的梅花，亦不喜终日守着寂寞寒林、清凉山岭。她消去冰雪之身，移步人间，看世态繁华，尝人情冷暖。你的一年一季，便是她的一生一世。

/ 2 /

雨落在瓦檐，落在窗台，已无寒冬的冷意，可闻春日之气息。

雨，本身带着宿命的力量，惹人伤愁，却总也离不开。此刻，这清冷之声，在寂夜里，温柔且生动，让我对人世有了更多的珍重。

哪个朝代，不曾山河染恙，岁月变迁。后来，也都过去了，寻常的间巷，烟火悠悠，像从未有故事发生。古老的石桥，烟柳一株。远处的山岭，青云一片。

这个春天，很是安静，以往凡城闹市，浮尘飞扬，我不喜靠近。如今，喧嚣的世间，清澈空旷，陌上风光，想必一览无余。

　　世人皆成了隐者，在属于自己的角落里，虔诚又谨慎地修行。想来，以后的日子，万物众生会懂得安分随时，谦逊有礼。而我对人世的种种，愿意有更多的顺从，不再挑拣，亦不抵抗。

　　人生一世，总要经些风雨，历些磨难。此番一劫，又有何惧，想人间几多兴废事，也只作渔樵闲话。

　　"浩浩阴阳移，年命如朝露。人生忽如寄，寿无金石固。"光阴有限，倏然而过，怎敢再随意辜负。对过往的一切恩怨，已然冰释，亦无悔意。

　　因为当下许多人，从来没有这样心思纯粹，意念简净，甘愿放下名利，不计荣辱，只渴望平安且稳妥地活着。

　　其实，缘分是奇妙的，让擦肩的早已擦肩，让等候的永远等候。而有幸相守的，又拿什么勇气，轻言离别。

/ 3 /

　　北方大雪纷飞，南国大雨连绵。果真是，往昔不可追，时令不可违。

　　《道德经》有句："飘风不终朝，聚雨不终日。"天地万物皆有其规律，开落有序，荣枯有定。当下的雨雪，以及灾事，亦是不能久长。

　　"春日迟迟，采蘩祁祁。"这个春天，虽然来得缓慢，却会如约而至。且比之从前任何一个春天，更加令人期待，温暖有情。

那时的人间，杏雨梨云，群莺乱飞。满目春光，无人做主。而我，也该归去梅庄，剪枝插瓶，春水煎茶。

封城已有半月余，等待成了信仰。这一年，许多人的命运被改写，但都学会了坦然以待。而我，有一壶酒、一盏茶，足以消闷解烦。任凭世事飞沙走石，我自是风雨不动，慌乱不惊。

"蜉蝣之羽，衣裳楚楚。心之忧矣，于我归处？"说不劳神忧心，是虚话。想当年杜工部忧国忧民，生出"安得广厦千万间，大庇天下寒士俱欢颜"之叹。我虽薄弱，却亦有此心。

太湖水畔的山庄，也为此搁浅，等候时光给予美妙的安排。往后余生，归去林泉，种菜伺花，无可更改。愿有一畦菜地，供养苍生，几片瓦当，庇护万民。

寸阴可贵，一刻千金。静下来的时候，许多人对生命有了新的认知，对未知的将来，重新有了念想。不再执迷，亦不抱怨，因为浩浩荡荡的一辈子，有无数的风雨消磨，我们要活得心安境宽，有情有味。

无论光阴几何，人的一生，终要做一件比生命更为宏伟的事业。过些时日，我又该生火炙茶，采花酿酒，读书养气，写字谋生。

世上的人，都有来时，亦有归处。有人愿化身石桥，受五百年的风吹日晒雨淋，只为一人打桥上经过。

而我，愿做驿外断桥边的一株白梅，若人世的一剪清光，照彻凡尘每一个悲伤、迷惘的路人。

/ 4 /

一夜风声紧，只觉天地变色，换了人间。推窗河山依旧，未曾改颜。

"昔我往矣，杨柳依依。今我来思，雨雪霏霏。"如今，亦有许多征人，日夜不休地忙碌在没有硝烟的战场，唯盼卸下满身风尘，轻松归来。

以往的我，掩门遗世，万事不问。今时，醒来便关心疫情增减，众生可安。原来，多少无情只作有情，不过是让岁月的风烟给湮没了。

料峭春寒，万物披霜染雪，无一幸免。不知谁家庭院，一树繁花，隐约地倚着青墙，灿若云霞。我知道，春天愈发近了，仅仅隔了一条巷陌，一帘烟雨。

美好的事物，其实一直都在身边，是我们奔于生活，忽略了太多。过些时日，村夫田间荷锄，凡妇竹林浣纱，莺歌啼尽山野，繁花开满阡陌。灯影之下，一茶一饭最见深稳。方寸之间，一草一木也是境界。

此刻，窗外已见晴光，远处的江水波光潋滟，映衬着起伏的山峦，美丽绝伦。这便是小城的风景，狭隘中有一段辽阔，简静里另有一种柔情。

我曾经喜爱江南如画的烟雨，今时却爱极了庭前的暖阳。闲窗下饮茶，从梅庄带来的汝窑茶具，经时光漫煮，开片如蝉翼，似冰裂。

一把名叫"悠然"的茶壶，端立于茶盘上，青如天，明如玉，温润有风致，清凉生欢喜。

这碗纯净的茶汤，将心都融化了。尘缘恰如杯盏中浮沉的茶，时浓时淡；世事则若檐角边游荡的云，忽远忽近。我的心，是一座小小的城，可藏一寸光阴，也容江湖万千。

湛湛阳光，清洁美好，令喧闹的凡尘，沉静下来。梁间的燕子，门前的烟柳，该是如我这般，安于平淡，别无所求。人生因为纯粹，而省略了许多诱惑，亦不必有太多的择选。

风吹帘动，流光打身边走过，不急不缓。我知，世上风烟仍是滚滚未息，然人间温情不减。想来今时你我，共有一愿，则是静候华枝春满，等待新月变圆。

白落梅

目录

Contents

人生怎可安闲

卷一

小窗幽记

人生怎可安闲

目录
CONTENTS

3

卷二

围炉夜话

菜根谭

小窗幽记

卷一

人生怎可安闲

闭门深山，
读书净土

闭门即是深山，读书随处净土。

读宋人词，有写梅句："白璧青钱，欲买春无价。"可见世间珍贵的，仍是自然山水，明月清风。尘世中，物物皆有价，用银钱可买之。草木寻常卑微，却性本天然，无价可沽，无可购置。

人在世间行走，不可孤芳自赏，亦不必委曲求全。山水虽无价，也不必谁人赐予，四季之景，只要心有思慕，便可尽情赏阅。梅在驿外断桥边，兰生幽谷，竹倚青墙，菊则随隐士，落在了山林小院。

出世需淡泊，入世则要情趣。推窗是烟火人间，闭门即是深山。我喜魏晋风度，崇尚自然，玄远率真，喝酒长啸，随性超脱。但其背后，却有太多的无奈，选择避世是为了逃离，不与尘俗妥协。

我更喜宋人的生活态度，他们缓慢优雅，简单美好，从容不惊。宋朝，没有汉唐的繁盛强大，比之明清又更为平和柔美。这个朝代，也有风雨世乱，有河山飘摇，但宋人的生活，恰如宋词，恬淡温丽，端然世间。

没有一个朝代比宋朝更懂生活，更懂得美。宋人吴自牧在其笔记《梦粱录》中记载："烧香点茶，挂画插花，四般闲事，不宜累家。"他们不喜奢华，不贪富贵，但求简约安逸。全然忘记历史的沧桑，不记人事无常，爱恨无意，喜忧随缘。

宋人读书填词，作画抚琴，焚香煮茶，簪花出游。案上一炉香，门前一树梅，一张竹榻，一扇屏风，便足以抵消尘世一切烦扰。

宋人爱读书，置一方榻，点一炉香，悠闲地捧着书卷，便寻到净土。兴起时，便挥笔泼墨，词文流淌，寄情于景，或借物喻人。他们的心事可以随意托付给文字，不必郁结于胸，平添怨恨，空惹闲愁。

宋人活在当下，从不眺望远方，任凭外界风雨如倾，掩门便是静好。他们简单知足，春折一枝牡丹，夏饮一盏清茶，秋寻一山红叶，冬候一窗风雪。他们每个人的使命，便是尊重，热爱生活，发现并懂得岁月之美。

宋人爱花，贵族的庭院、雅士的书斋、百姓的茅舍，乃至僧侣的禅房，都离不开花木。欧阳修在《洛阳牡丹记》中说："洛阳之俗，大抵好花。春时，城中无贵贱皆插花，虽负担者亦然。"大抵洛人家家有花。

洛阳爱花，整个宋朝皆爱花。他们不仅栽花、插花，也以簪花为乐。纵生活清贫困窘，仍簪花饮酒，即兴填词。他们真实地过好每一天，不惧岁月如梭，亦不管天地兴亡。每一个时辰，都爱惜不尽，每一寸光阴，都幸福而满足。

宋代的文人，读书填词，赏花喝茶，雅趣天然。他们哪怕置身名利场，也可以随时将俗事搁放一边，读闲书，赏春光，喝美酒，品清茶；或乘车出游，与高人对弈，不问今夕何年；或闲居深山，待胭脂用尽，再缓缓归来，也无意江山换主。

人世盛衰消长皆有定，任何一个朝代，都有其命数。以何种方式对待生活，在于自身的修为，以及际遇。你选择山水，便可得到清宁，你爱慕功名，便要无谓喧扰。

《诗经》里的男女，亦是素朴简单，他们的世界天地清旷，山高水长。但他们都是世俗里的风景，虽无宋人的精致和妙意，却也天然婉转，悠远清扬，扣动人心。

"蒹葭苍苍，白露为霜。所谓伊人，在水一方。"三千多年的清秋，比之今时的秋，更多一分静气。那里的时光很慢，那里的岁月清闲，那里的人，辛勤耕织，与草木鸟兽，知心知意。

那里的世界，安静无争，人心简洁，没有猜疑。浣女耕夫，白叟黄童，各自忙碌，也各自欢喜。然纵是繁忙，亦有一种悠闲。日色映溪连山，整个村落，那般平静，无须掩门，便是深山。

那里，一生或许都无客至，山间花木会告知四季消息。那里的人，观天象，晓晴雨，知冷暖，有情意。男子出游捕猎，女子采葛织布，夜里灯下饮酒吃茶，也读竹简，亦写诗句。

"弋言加之，与子宜之。宜言饮酒，与子偕老。琴瑟在御，莫不静好。"他们的爱情，简单美好，无须诺言，便相守天荒。她煮菜盛酒，他买玉相赠，她柔情款款，他气宇轩昂。

人世许多静好，并非只在深山。每个时代，都有故事，都有其不可取代的风姿和意趣。真正岁月的隐者，悠远的风光，皆在现世民间。他们懂简静，思安定，虽不是读书君子，温雅词女，却活出了境界。日子清润，如庭前梅，石畔竹，毫无江湖之气。

真正美好的事物，可以不要华丽，不要精致，却要清澈纯粹。居深宅大院，安享富贵荣华，则思乡野之味，深山之静。落瓦屋人家，淡饭粗茶，懂得知足常乐，但求安稳吉祥。

尘世纷扰不休，令人身心疲倦，不知所措。与其耗费心力去追名逐利，计较得失，莫如让时光慢下来，学会如何煮一壶茶，插一瓶花。安稳地守着日子，不以红尘为戏，不和万物相争。旧日的山河，那年的明月，一直都在，陪伴着你我，不会离开。

若持平常欢喜心，待人对事，不要有太多的挑拣，如此便没有选择，亦无扰乱。须知，凡尘深处是山林，诗书词卷有净土。纵活在当下，与遥远的盛唐大宋，不过春秋之隔。一炉沉香，一壶好茶，让世界安静下来，日月山川，也觉温柔。

你看，窗外日色淡薄，叶落空山，一物一景，都有情意。来年，岭上梅花，新枝春雪，又是一番妙境，足以倾城。

纸帐梅花，
笔床茶灶

纸帐梅花，休惊他三春清梦。笔床茶灶，可了我半日浮生。

入秋后，觉光阴时快时缓，风和日丽，桂子满城。唯盼着，来一场绵绵秋雨，昼夜不息。庭院小径，曲廊石阶，皆是温润水汽，令人沉醉安然。

自古文人喜雨，怕雨，又盼雨。那年，潇湘馆秋窗风雨之境，美得让人神伤。林黛玉病卧潇湘馆，听秋雨敲窗，淅沥缠绵。灯下翻读《乐府杂稿》，见有《秋闺怨》《别离怨》等诗，心有感触，遂写下《代别离·秋窗风雨夕》。

"谁家秋院无风入，何处秋窗无雨声？"文人看雨，见诗性，伤别离。百姓看雨，身闲逸，多喜乐。人间风物，最是无私，晴雨更替，冷暖交织，皆一样相待。不因富贵，而厚爱，只为风雅，而婉转。

旧时文人虽有落魄，但闲情多于喧烦，雅趣多于俗虑。一花一草，一物一景，于他们眼中，都有意境，皆可入词成诗。晴时闲游山水，坐看云起，雨日掩门读书，竹榻品茗。

"带雨有时种竹，关门无事锄花；拈笔闲删旧句，汲泉几试新茶。余尝净一室，置一几，陈几种快意书，放一本旧法帖；古鼎焚香，素麈挥尘，意思小倦，暂休竹榻。饷时而起，则啜苦茗，信手写汉书几行，随意观古画数幅。心目间，觉洒洒灵空，面上俗尘，当亦扑去三寸。但看花开落，不言人是非。"

秋日门庭寂静，落叶铺满石径，细雨别有情致，阳光亦有一番新意。人世因忙碌，而向往清净安定，又因平淡，而接受奔走徙转。远行之客，多有伤情，陋室之人，总生愁念。但这些，与仓促的光阴相比，都是那么的微不足道。

以往独爱梅花，觉许多寻常花木，只是岁月里的陪衬。而今，万般风物，于眼中，都各有姿态。故而，我从前的心愿，种满山的梅，今时亦要有所更改。满山的梅依旧，小院清幽处，亦不可将桃柳、茉莉、莲荷、翠竹、霜菊、桂子等草木离舍。

几日前，西湖坐船，芙蓉正盛，比之曲院的残荷、湖畔的垂柳，另有一种风韵，把小桥平湖都映照了。西湖处处皆是妙景，晴湖、雨湖、雪湖各有风姿。无须约定，任何时候与之相遇，都是最美的重逢。

每年，我好似花神出游，总要去一次姑苏。或于园林漫步，喝壶闲茶，不问外界琐碎喧嚣。或寻了古城巷陌，听几曲评弹，在吴侬软语中，再游一回梦里的江南水乡。

亦要去往西湖，赏云光水色，千古兴亡，不过是一场幻梦。或去龙井问茶，灵隐听禅，山寺寻桂，看那些如织的游人，来了又去，去了又来。

只觉得这里的山水，才是山水，这里的堤柳，才是堤柳。我爱姑苏城的富贵风流，也爱杭州城的红尘紫气。那些曾经鼎盛的旧式庭园，如今成了寻常百姓可以游赏的风景。千万人之中，有一个女子，便是我。

西泠桥畔的苏小小墓，一直都在，千秋万载，不会迁徙。她埋骨于此，坐拥西湖山水，亦不必乘着油壁车，寻觅于谁，或为谁等候。然万物都在更换，尊享荣华，也接受平淡。独她守着一片风景，无来无往，不聚不离。

　　或许，后人所给予的最好安排，非她所喜。那些与她相关的美丽传说，实则是她内心永远无法抚平的伤。她曾被人辜负，被誓言所误，落得郁郁寡欢，终老西泠。

　　若人生可以重来一次，她纵仍是情深，亦不肯再被诺言耽搁，一生痴守一人。世间有万千生灵，值得她真心相待，草木山石皆是知己。她心之所愿，是与西泠山水同生共死。如此被安放在这般热闹场所，是幸，还是不幸？

　　每次路过慕才亭，我皆不肯过多停留，只匆匆一瞥，转身离开，怕自己惊扰她的湖山。那片山水，有太多风流事迹，那些人离我们很远，却又同在朴素的民间。他们所见的风景，与我们无异，但他们内心的世界，却是风光漫漫，壮阔无际。

　　那时年少，对人待事，乃至对光阴，随心所欲，不知珍惜。如今，一草一木，一烟一尘，我都心存敬畏，不敢怠慢。这些年，放下了许多执念，唯盼依照自己喜欢的方式，孤独且深情地活着，简单便好。

　　修筑竹舍茅屋，劈地种梅栽竹。用红泥小炉煎茶，梅枝点火，雨日静坐独饮，更得情趣。把屋舍打理得齐整，不染纤尘，连带自己，亦是洁净。所做的，不为取悦别人，而是更好地爱惜自己。

人至中年，何来那许多顾虑，见惯了离合，经历了成败，故而多几分潇洒从容。以往不可删减的片段，皆忽略而过。从前不忍舍弃的旧物，都一一抛掷。那些久未谋面的故交，亦被扫落尘埃，不复相见。

清净真好，可以多一些时间喝茶，写自己想写的字，又或是什么都不做，瓦屋听雨，廊下晒太阳。世间喧嚷之事，与我何干，旧日的浩荡风云，到底无恙。

我只在意，杯中酒可温，茶可续，至于窗外花开花谢，我皆不关心。以往伤春悲秋，无论何景何境，都可心生哀怨。当下纵岁月如流，我心里只是欢喜，毫无凄凉。万物都在转变，我们亦可随自己心意，做美好的自己。

遵从内心，是对生活，最认真的方式。不慕虚名，不贪浮利，是为淡泊。不生怅念，不多忧虑，更是一种清净。甘心做的事，怎样都觉有情意。温柔地看待世界，日子都是好的。

有时，清闲无事，便独自焚香煮茗，伏案缓慢地书写心情。行文如同处世，不必过急，亦无须太深。清淡并非肤浅，停歇不是倦怠，妥协世事，也只是更好地与时光相安。

也曾细腻柔情，摆上茶席，取出茶道六君子①，费许多时间，煮一壶好茶，对着琴曲，品尽春水秋韵。也曾心意阑珊，取一只大茶碗，撒上一把明前茶、雨前茶，沸水冲泡，待凉些端起便饮。

有人品茶，是心情，是底蕴，是高雅，也是故事。我品茶，是岁月，是三月新枝里的嫩芽，是尘封于寻常巷陌里的风景。我豁达时，可以千金散尽，万物归零。认真起来，一片茶叶，一纸文辞，也惜之如命。

到底是个俗人，得意时，心生欢喜，失意时，难免落寞。人生许多时候，竟不可有选择，纵不肯委曲求全，也不能疏狂肆意。以往如生如死的决绝，到现在当真不值一提。多少事，皆转哀为喜，去繁留简，至于是真是伪，都不重要了。

佛说："诸行无常，诸法无我，涅槃寂静。"人生的许多变数，缘起于自我的修为。当下的一言一行、一起一落，皆有因果。所有的对错、悲喜，到最后都是自己承担，无人可以替代。在一切无常的境界中历事炼心，如此便不会在意得失，计较成败，乃至生离死别，亦皆只是寻常了。

---

① "茶道六君子"指茶具配件，包括茶筒、茶匙、茶漏、茶则、茶夹和茶针。——编者注

其实，女子的一生无须大志，煮饭烧茶，养花浣衣，便是情意。如此，檐下听雨，堂前静坐，人世庄重安稳。日光清浅，山色竹影，溪水人家，炊烟袅庭，外面的世界纷纭喧扰，内心自有一种地老天荒。

而我，窗下煮茗、灯下写字、月下抚琴，竟成了多余。但想着所做之事，可谋生，可修心，可悦己，亦无有不好。

世事清明，知足则仙。我心悠悠，无思无虑。

世浓则忙，世淡则闲

世味浓，不求忙而忙自至；世味淡，不偷闲而闲自来。

一缕秋阳，透过薄薄的帘幕，清澈又温柔，有种难以言说的简静和妙意。我一改往日的勤谨，想要慵懒地贪恋这一刻光阴。庭园里，落叶满径，与我何干。窗外，云卷云舒，亦当随意。

这些年，辛勤耕耘，克己修身，对事认真严谨，为人谦卑随和。低眉书写，不敢有丝毫的怠慢。栽花煎茶，也是对日子的尊重。其实，我心性豁达，无有志向，不喜拘束，不奢名利，甘于简朴，却终日汲汲营营，何以停歇？

书中有句："世味浓，不求忙而忙自至；世味淡，不偷闲而闲自来。"可见，我素日说对事物漠然，违背了心意。于功名，我不曾有过相求，对富贵，也不曾奢望。只是想依靠自己的努力，挣取薄弱的银钱，用以贴补生活。

所有的忙碌，亦与寻常人一般，只是简单的谋生。恰好，我力所能及之事，是一份闲职。虽也有世人所体悟不到的艰辛，却到底文人姿态，不经风雨。其实，像我这样搁下红尘一切琐碎之事，静心喝茶写字，也是一种幸福。

走过来了，是境界，未曾走出来的，仍是迷途。这条路，山长水远，我耗费许多年华，错过无数风景，方有了今朝。人生难得的是清净，是安宁，是闲淡。但所有的悠闲，皆是用经年累月的繁忙换取。一如这简静的秋光，亦是经过春日的繁喧、夏日的葱郁，才有此清淡恬静。

万物清简，皆有其来之不易的过程。樵夫的一柴一薪，织女的一针一线，以及平淡日子里的一茶一饭，哪一样不是艰难而珍贵。文人的笔墨，一字一句，费心推敲斟酌，亦承载了太多的重量。若无此番历练，怎经得起岁月如梭，又何以抵挡人世的冷暖阴晴。

世间一切繁闹之景、碌碌之事，都非我所爱，却又不能彻底放下，不理不睬。虽说，将每一天都过得活色生香，才能真实地存在，有情有味。但人生有味的终是清欢，唯有清欢，可以任意消磨，不必争执，亦无扰乱。

煎茶煮酒，观竹栽松，若不讲究仪式，无所谓意韵，则是其乐无穷。若要择气候、心情，或有太多的模式，则让人心生倦怠。喝茶赏花，本就是忙里偷闲之事，不受拘谨，自在随性，反不失风雅。

古人有句："偷得浮生半日闲。"可见，无论处哪个时代，皆是尘世熙攘，纷纭浩荡。纵是诗意安静的宋朝，亦有其不可避免的风尘飞扬。所有的静好、闲逸，都是从时光缝隙里裁剪出的片段。你安心当下，守得住平淡，自不被云烟所惊。

我虽观山玩水，不问世事，却又与时代相亲。未曾抛却浮名，亦始终不改初心，在自己的小小庭院，打理草木，写书烹茶。不出世，不与人相交，是怕热闹闹得，不知如何收场。

若我这般多好，似闲隐的梅，又如幽谷的兰，漫不经心地绽放，乃至凋谢，亦与人无关。但凡和我相见的，或是擦肩的，都无须介怀，因我只是那样寻常的一个人，不必为谁改变风姿。

有时，我宁可一个人，荒芜心意，散漫随性。窗下的琴弦懒抚，案几的花枝不剪，约定好的风景，也不闻不问。任凭诗书生尘，笔墨干枯，也是不想管的。闲静下来，日子与往常无有分别，该来的来，该去的去，哀乐皆是相同。

都知光阴有限，相逢趁早，相离也趁早，可匆匆碌碌，又做哪般？岂不知，内心的空无，有时胜过了丰盈。水满则溢，月圆则亏，太过繁盛之物，璀璨之景，并不久长。而清简的日子，素淡的流年，若民间闾巷的炊烟，绵绵不绝，永无尽意。

以往怕世道艰难，人生无常，总是给自己备好足够的钱物，用以抵御风霜。而今，那满室的藏茶，一些尘封的细软，却成了负累。盛世里无饥馁，若遭逢了乱世，流离不安，疲于奔命，要那些重物，又有何用？

人生慢慢积累，也是一种美。细水长流，得以安稳，虽无以富足，但也不会有太多的缺失。如此，世味亦随之淡泊，便有多余的时光，用来做自己喜欢的事。煮一壶好茶，赏一段风景，或是掩门，做一桌自己喜爱的饭菜。那时，纷繁的世事，因为你的闲淡，亦不会轻易相扰。

所谓大道至简，人的一生，能做好一件事，爱惜一个人，读懂一本书，当是足矣。那些原本不属于自己的，强求也无用，耗费一切所得，有一日终将失去。一如人处忧患中，但求一檐寄身之所，一碗白饭，一壶野茶，也该满足。与自己无关的事物，远观则好，何必索求。

心事简约，则岁月平淡，纵遇波涛，也悄然过去。如此浅显的道理，却需要漫长的时光来打磨，直到有一天自己心领神会，方觉过往恍然若梦。

但许多时候，遇事仍会惶惶不安，在得与失的抉择中始终难以淡定。明知等待不易，得到不易，却不知，相守更加不易。你追逐一生的名利，拥有了，却不知拿什么来填满内心的缺口。你候了半世的人，真正走到一起，竟不知用何种方式来相依。

处世辛劳，退一步，才有境地，方能超脱。心闲静，懂得知足，才能喜乐。人世每一桩事，都该有主，有人百般认真，有人过得草草，最后都是殊途同归，无有区别。

吾爱宋人姿态，繁芜中，始存一种冷清恬淡；也学魏晋风流，乱世里，仍有几分豁达疏朗。忙碌时收敛了浮躁，淡泊时静享着安逸。你赢得了功名，也不必骄傲，你虚度了韶光，亦不可惜，所得所失，也都是归还于天地。

　　我们不要做岁月的王者，也不要一日抵千年，好光阴，慢慢地过。文火煎茶，于幽静中，熬煮出茶汤的香气。人生，亦当如是。

芳树勿买，
韶光可支

芳树不用买，韶光贫可支。

久违的雨日，晨起喝茶，择选珍珠。想当年，石崇经过绿罗村，用三斛珍珠，买下了绿珠，带她去了金谷园。三斛珍珠到底是多少？有多少斤两？价值几何？可以置多少田地？盖几间房舍？买多少粮食？又可换多少布匹？

我不知，相信绿珠也不知。只知石崇撒沉香屑于象牙床，让所宠爱的姬妾踏在上面，没有留下脚印的，赐珍珠一百粒。只知绿珠能歌善舞，倾城绝色，后坠楼而亡。唐人杜牧有诗："繁华事散逐香尘，流水无情草自春。日暮东风怨啼鸟，落花犹似堕楼人。"

世上女子皆爱珠玉，可衬年华，修颜色，饰形容。旧时女子，纵是清贫之家，亦有几件饰物，伴随一生。看着它们安静地置于妆奁，一如稳妥的岁月，内心无惧。

外婆曾说，她母亲年轻时最爱去镇上老铺子里买金玉，慢慢地攒了一盒子，沉甸甸的，看了都觉心安。后来，曾外祖母将她所有的饰物都给了外婆，而外婆带至夫家，亦是细细珍藏。若非时局动荡，外婆亦不舍将那些美物，典当给岁月，支付了流年。

外婆不算是美丽的女子，弱小身材，却也是静婉温和。她穿了一辈子的斜襟短衫，九十多岁的高龄，经历了近一个世纪的漫长岁月。与她相关的物，都有历史，有岁月的味道，甚至，都是有福禄的。

外婆镜匣里珍爱的金玉，母亲却不喜。母亲像《红楼梦》里的薛宝钗，不戴花儿粉儿，素净大方。外婆留下的几样银饰，母亲早早给了我，她说于她无有用处，都是负累。母亲喜简朴，她觉得首饰不过是富贵闲妆，她戴着做农活，很是违和。

早些年，我也痴迷过饰品，对着喜爱的美玉，爱不释手。一枚温润的和田老玉，一朵碧绿的翡翠梅花，或只是一粒简洁的珍珠，一颗年代久远的蜜蜡，都是韵味深藏。因为缺失，而想着拥有。后来，得到了，也觉无味。素日里，我粉黛不施，也不爱戴珠玉，唯简洁令人随性不拘。

日子终究是平淡的，美好的珠玉，不过是用来装点清白的岁月。金谷园里的女子，每日忍饥，为求身轻如燕，踏过无痕，只为挣取珍珠，经营生活。再华美的饰品穿戴于身，亦遮掩不住，被流光老去的风姿。

古人云："芳树不用买，韶光贫可支。"美好的景物，乃至一花一草，都无须银钱购买，大自然无私赠予，处处可见。而锦绣韶光，就在一朝一夕的日子里，纵使清贫，也可任意支取。

但芳树年年，不惧生老病死，没有穷尽。而一个人的韶光有限，又怎经得起你随意支取，枉自蹉跎。更况，大自然有其规律，春秋交替，花开花谢，阴晴冷暖，岂可时刻随你心愿。

一如窗外这场细雨，我盼了多时，迟迟不得相见。我对雨，有一种执念，它的力量，胜过了冬日里那一抹暖阳。雨日掩门喝茶，世事悄然无声，不敢惊扰，也无人惊扰。

深庭寂静，心事无遮，可以打理屋舍，查看古卷。也可以擦拭珠玉，回忆一段温柔的往事。还可以自己扯布裁剪，缝制衣衫，留住最后一抹芳华。

市面上的衣裙，太过时尚，我不甚喜欢。自幼喜古朴裙衫，一如书卷里的人物，文静婉约，温雅亭亭。始终觉得，女子端庄为美，纤柔姿态，不媚不妖。

斜襟短衫，简约旗袍，与世俗虽有隔阂，但在江南，却是寻常之物。江南女子，灵秀清丽，着丝绸锦缎，棉麻布衣，各有风致。在苏杭，每一条巷陌，时常见得一些女子，着古风裙衫，柔情款款，嫣然百媚，香风细细。

古语云："若无花月美人，不愿生此世界。"可见，花月和美人，何等重要。世无花月，则不见雅致，难成风景。世无美人，则有失情趣，毫无妙乐。

想着林黛玉，哪怕是歪着身子缠绵病榻，喝药的样子，也是极美的。香菱学诗的呆傻模样，亦着实可爱。妙玉采折红梅，于白雪中，端然一立，恍若仙人。而朴素的民间女子，煮茶浣衣，哪怕是在堂前收拾碗盏，也有几分沉静姿色。

好光年，不可任意支取，却可以慢慢使用。都道岁月如流，但每一个日子，每一时，每一刻，都是人生必经的路程，无可错过。万物之好，都有来历，与之相亲，还需缘分。过往那些微不足道的细节，薄弱残缺的碎片，如今纵有千金，也买不回。

"每一食，便念稼穑之艰难；每一衣，则思纺绩之辛苦。"裁布制衫，幽火炒茶，研墨抄经，低眉书写，每一件事看似浪漫清洁，却都不易。一针一线，缝制岁月之旖旎柔情，一字一句，写尽山川之精神气韵。

人说，岁月从不败美人。这里的美人，有诗书藏心，有风度，有气质，有修养。纵是容颜不再，素布简衣，也难掩其风华。美人并非不怕老，只是老了，也不失优雅，仍存气度。

内心不忧，则万物明净，良善美好，则韶光不欺。好东西是不怕劫毁的，而吉人自有天相。"鹤寿千岁，以极其游，蜉蝣朝生而暮死，而尽其乐。"万事早有安排，何必过于担心，明白了，便活得心安简静。

慢慢地，我也学会了不感触流年，也不踟蹰伤远。平淡的光阴，也觉欢喜，人生乏味，亦能过出一种新意。无事时，则推窗，借一米阳光、几两烟雨，或采一束野花，然而这些都无须银钱购买。又或支取一段韶光，一点点，细致地使用。是苦是甜，或悲或喜，都让人称心。

窗外，秋色红紫，与落叶素面相见，也是知心。雨过之后，一日比一日生凉。我也无须出门，就在这飘忽不定的人世里，许下一份安稳。

　　每日，生好炉火，煮上一壶藏了多年的老茶。细心为自己，做几件美丽的裙衫，偶尔轻妆淡抹，偶尔琴音洒落，偶尔挥毫泼墨。静静地，等候一场雪落，等候来年的鸿雁，缓缓地打屋檐飞过。

一偈不参，而多禅意

人有一字不识，而多诗意；一偈不参，而多禅意；
一勺不濡，而多酒意；一石不晓，而多画意。淡宕故也。

秋日庭院水木清华，两株桂花开了不到半月，便已凋谢。篱畔几丛霜菊，开得淡然忘我，叶舒蕊静，像古人诗文里的菊，充满野气。它为陶潜所爱，傲世孤标，与喧闹的凡尘，始终隔了一条巷陌。

光阴如水，慢慢流淌，不落痕迹；人世之事，此消彼长，难以预测。我像往常一样，坐于竹榻上，用大碗泡茶，捧一本闲书，若有若无地翻读。竹枝映在窗纸上，似一幅画，毫无章法，却灵动真实，意趣盎然。

达观者眼里，物物清润有情，像唐人的诗、宋人的词，皆是美妙的。悲观者眼中，万般晦涩黯淡，若晚秋的云、夜幕的雨，满是伤悲。分明都是一样的四时风物、山水人情，却因心境不同，悟性不同，而喜忧各异，冷暖自知。

佛教里说的"明心见性，顿悟成佛"，是一种境界。当年六祖惠能，二十四岁读《金刚经》开悟，寻师至韶州，闻五祖弘忍在黄梅，便充役火头僧。因念一偈曰："菩提本无树，明镜亦非台。本来无一物，何处惹尘埃。"得五祖认可，便将衣钵传他。

参禅，需悟性，也要缘分。有些人，遁迹空门，坐隐山寺，一生仍不解禅机，放不下执念。有些人，一偈不参，所思所悟，皆是禅意。禅是一尘不染，是寸丝不挂，是清洁干净，是万般无争。

《红楼梦》里宝玉听一戏曲悟禅机，只道："赤条条，来去无牵挂。那里讨，烟蓑雨笠卷单行？一任俺，芒鞋破钵随缘化！"但他生性情多，红尘诸事，于他都是挂碍。后来，纵了悟，也是为世所迫的无奈。

妙玉才华若仙，心性高洁，为世难容。她入空门，居庵庙，有出世之心，庄子情怀。她本是闲云野鹤，写逍遥诗，品梅雪茶，清妙高雅，如临世外。万人不入她目，却尘缘未尽，终陷泥淖。

惜春性情孤僻，对世事人情冷漠，大观园诸多姐妹中，她非悟性最高，却最知解脱。她曾说："我只知道保得住我就够了，不管你们去。从此以后，你们有事别累我。"她的放下，是因为心冷；她的了悟，是义无反顾。

佛缘，是一种自在，是忘我。多少人，入了僧门，修行一生，却无佛缘。亦有许多人，往来红尘，经过世事，却禅意悠然。禅的境界，没有徘徊不定，也并非冷漠无情，而是一种慷慨，是释然。

人有一字不识，而多诗意。世间多少简约之理，与禅意，亦是相通的。外婆在我心中，就像王维的诗，自然清新，入了画境。她一字不识，但人世之事，她比谁都过得真、看得清。

外婆是民间传统的妇人，端庄婉秀，朴素简洁。幼时虽过了几年富庶日子，但庭院深处，亦是寻常的山水人家。后来，嫁作人妇，素日打理的，一桩桩都是家常之事。南方村落，柴门竹院，岁月平静且欢喜。

外婆不识字，却谦和懂礼，优雅知性。外婆不信佛，但一生茹素，尊重万千生灵。她齐整干净，晨起梳光洁的发髻，纵病时也毫不马虎。外婆养的花木，如她一般，美好清洁。虽是农家小院里的凡花俗草，却入得了诗人词客的笔墨。

外公喜诗文，爱美酒，与一字不识的外婆可做知音。夜幕下，薄弱的烛光，外公喝酒吟句，外婆缝补旧衫。他神采奕奕，她粉面云鬓，夫妻琴瑟和谐，相看不厌。

外婆说，此生闻着酒香，就觉亲切。外公则说，每日忙碌归来，听见庭院里传来缫丝的纺车声，便觉心安。于他眼里，她是诗词里的婉约佳人。在她心中，他则是那值得依托一生的谦和君子。

世间美好的情爱，平淡的日子，远胜于参禅悟道。内心澄澈，不为外界所惊，而红尘亦是菩提道场，可修行，能超脱。似花开庭园，如鱼游溪水，自然真切，令人心动。

郑国人列御寇在《列子·汤问》中记载，"伯牙善鼓琴，钟子期善听。伯牙鼓琴，志在高山，钟子期曰：'善哉，峨峨兮若泰山！'志在流水，钟子期曰：'善哉，洋洋兮若江河！'"

钟子期只是一名平凡的樵夫，却听得懂琴师伯牙所奏的高山流水。他不会抚琴，但识弦音。相识满天下，知心能几人？若非如此，伯牙亦不会因子期死，而断弦摔琴。相识是缘，相离也是缘，琴音里的妙意，唯有他们懂得，你我皆是过客。

父亲学识不深，悟性有限，但他一生研习古籍药典，孜孜不倦。

他采摘百草，翻查古卷，删繁从简，去伪存真。恰因他的执着认真，被其拯救之人无数，虽在默默无闻的乡村，却也有功德于众生。

可知，世间万物都有清光，一株药草、一粒微尘，皆含禅意。母亲无私温柔的相伴，让父亲成为一名良医，让原本朴素的光阴，有了无尽的美感。而她，不识医理，伴随父亲抓药治病，得村人爱戴，亦是她的福报。

有时，我想着，纵我多年熟读古卷，参悟禅机，却不及他们千万之一。但我坐拥江南山水，与梅早已是故人，故可一石不晓，而知画意。会写几首旧诗词，弹几曲古调，皆算不得什么，不过是用以打发光阴罢了。这千般的雅致，不及外婆手植的那株茉莉，不及父亲这位平凡的采药人。

心性简净淡泊之人，反而可以领悟世事的深意。山间的一名樵子，或是竹林的一位浣女，或许就是琴中知己，诗里佳人。一字不识，一偈不参，一勺不濡，一石不晓，是为了清澈地遇见，以及发现更多的美好。

人间许多事，只是一场又一场的风波，过去了，天地如洗，什么都没有发生。若可以，我相信，众生皆愿意回归本真，舍弃功贵，也舍弃了烦恼。凡有变数之物，皆是无常，心里安静了，也就寻常，亦自在无碍。

　　而真正彻悟之人，内心清明，根本不在意，来和往，多与少。亦毫不在意，当下之境况，是拥有，还是放下。

缘之所寄，
一往而深

缘之所寄，一往而深。故人恩重，来燕子于雕梁；
逸士情深，托凫雏于春水。

　　明代汤显祖《牡丹亭题词》中有句："情不知所起，一往而深。
生者可以死，死者可以生。生而不可与死，死而不可复生者，皆非情
之至也。"情之所至，是一往而深，可生可死。缘之所寄，也是一往
而深，不离不弃。

　　说情说爱，相思不闲，应该是年轻时候的事。那时，可以为了一
个人跋山涉水，痴心到倾尽所有，慷慨到不要自己。到了一定年岁，
所期待的则是平淡的相守，是温柔的相依。与一人执手，无山盟海
誓，无蜜语甜言，却相濡以沫，暮暮朝朝。

　　情如世味，宜淡不宜浓，过深则生厌，清淡则耐品。世间之缘，不论是人与人的相处，或是人与物的情分，皆令人一往而深。有时，人之情意，不及物之深浓。人乃万物之灵长，有灵气和精神，却也多变幻。旧物有灵，不为时转，不以境迁，你不弃之，它定长情相伴，不负不离。

　　我与江南园林的一株蜡梅，亦算是有一种心灵之约。十年前的某个冬日，与之不期而遇，一见倾心。它苍树虬枝，开满了嫩黄的花朵，攀过古老的墙院，那般醒目，娇柔美好。蜡梅的香气，比之梅花，更有几分冷香，远远便可闻到，却又隐蔽难寻。

　　后来这些年，每至冬月，或逢初雪，皆会去往园林幽深处，与那一树蜡梅，续一段前缘。甚至偷折一清枝，带至家中，插瓶供养，与之朝夕相对，直到花枯萎谢。有时不忍舍弃，便干脆搁置于瓶内，斜枝枯干，亦别有风姿。

　　我与梅园的梅花、西湖的山水，以及姑苏的巷陌，还有乌镇的溪桥烟柳，乃至故园的风物，皆有一段不解之缘。此身无论寄居何处，总会在许多不经意之时，对它们心生眷念，一往而深。它们比之与我曾经相识的故旧，更令人魂牵梦萦，刻骨难忘。

　　我深信，旧物之情深，远胜于世人。山水梅花，翠竹明月，陪伴我经过了人世漫长风雨，记得我年轻的模样，亦怜我今时之沧桑。它们对我贫时不弃，富时不离，十年如一日，我来时款款，去时亦淡淡。

有时想着，我不过是万千行人中的某一个，与它们缘系今生之人，当是不胜枚举。然恰好这一个我，为之心动，愿交付真情，此生纵遇变故，亦不改初心。我对人，也是真心，却不及待物这般久长。人的一生，飘零流转，无有定所，而物不历迁徙，年年岁岁，为之守候，不言别离。

过往的故人，该忘的，皆已忘记，仿佛从未有故事发生，岁月一尘不染。不该忘的，也只是暂时停留，有一日终将删去，毫无痕迹。并非无情，而是人生不该负重前行，过去的无论是温暖还是冷漠，都已成往事。缘聚缘散，本是天意，何以值得一往而深。

世情迷离，人心难测，那时的知交，未必适合现在的自己。当你付出的时候，就知道一切不可挽回，而你所拥有的，也不一定就要偿还。有时候，缘分与宿债令人纠缠不清，或许连自己都不知，你所在意的人和事，到底是因为相欠，还是真的需要。

有人说，每个人的一生都会遇见一个可以为之生、为之死的人。为了他，心甘情愿改变自己，轻易放下一切。到后来，这个人未必与你相伴同行，甚至一个转身，便成了陌路。或也有厮守一生、白首相依的眷侣，却亦不复从前滋味。

更多时候，人与人之间，则是凡来尘往，擦肩而过。无有缘分，就连换取一个简单的回眸都是不能。世间风物都在转变，何况人心，你寄寓厚望，多是冷淡散场。那些至死不渝的诺言，听听则罢，认真的人，多是会伤了自己。

昔日的汉唐盛世，也只是历史上一缕烟云，记住的人不多。当下所经历的一切，亦是世人过目即忘的风景。最情深的，是王谢堂前燕，虽觅不见旧主，却飞入寻常百姓家。任凭朝代更迭，世事迁徙，它们一直深情守候，不会离开。

记得幼时堂前，有燕子筑巢，每年春暖花开，燕子结伴成群从远方返回。之后，每日见它们辛勤衔泥筑巢，从不懈怠。不久的某日，便可听见啾啾的声音，小燕子破壳而出，燕子每日往返喂食，温暖而亲切。

忘了是何年，一只雏燕从雕梁上不小心坠落，羽翼未丰，尚不知飞行，我见犹怜。我觉它弱小可爱，在其小脚上系了一根红绳，将之带去戏台下的晒场，与同伴一起嬉戏。

归来，被母亲狠狠教训一番，只道燕子有灵性，守护家园，可带来安稳福气，要对之敬畏。直至父亲将雏燕送回巢穴，母亲才肯安心。此后，我对梁间的燕子，不敢有丝毫的冒犯。每年人间三月，梅花开罢，便将之等候，虽无约定，内心却始终不忘归期。

那时坐楼阁上，看云卷云舒，燕去燕回，不解人世风霜，觉万物有情。以为时光会停留，我将一生居住在黛瓦白墙之庭院，与燕子做伴，和绿竹偎依。原来我错了，万物有荣枯，人生有聚散，所谓的地老天荒，不过是一时之情，刹那之景。

世人薄情，为了生活不断地迁徙，将旧宅深院，不停地翻改修建。而燕子，被迫流转，今日暂寄你家雕梁，明日又不知托身何处檐下。它虽飘零之物，却比众生更向往岁月温柔，人世静好，唯愿巢穴常在，旧主不改，缘定三生，一往而深。

人生匆匆，转眼已有三十载，我从当年的小小村落，辗转至吴越风流之地。几千里路云和月，为功名？还是梦想？或者仅仅为江南的山水、园林的梅花？我亦是不知，仿佛只是听信命运的安排。冥冥中有一种缘分将我牵引，总之，今生怕是再也不会离开。

离去未必是薄幸，留下也并非情深。这片山水，乃至草木尘埃，亦曾在书卷里邂逅，从陌生至熟悉，有一天，也许都将遗忘。情之所钟，亦是执念，累人累己，难以解脱。若不可情长，莫不如薄情，不寄望于谁，也就没有失落。

如此想着，索性宽了心怀，对许多事，不再那般在意。人生在世，万般可求又不可求，最难的是一份率性与豁达。如若内心明朗通透，便不会计较得失短长，无意缘深缘浅。

今岁，纵不去园林，不与万千梅花相遇，又有何妨。我去与不去，它们都在，一如太湖的茫茫烟水，几千年来为谁改过波澜？世事山河，经风历雪，你转身，它还在。

《金刚经》所云："一切有为法，如梦幻泡影，如露亦如电，应作如是观。"念罢，心中释然。一往而深，也作虚幻，万语千言，皆是多余。

万缘皆尽，
一事关心

老去自觉万缘都尽，那管人是人非；
春来倘有一事关心，只在花开花谢。

　　记不得，从何时开始，每日小酌几盏，近乎成瘾。数碟小菜，荤素不拘，或坐堂前，或花树下，或茶室，皆可斟饮，无须酒朋诗友，自得意趣。有时夜深，无佐酒菜，便对着明月清风，喝上几口，顿觉神清。

　　此刻，一壶酒毕，醉意微醺。飘忽间，犹如抵达西湖的湖心亭，跟随明朝张岱，观赏一场静谧的大雪。"雾凇沆砀，天与云与山与水，上下一白。湖上影子，惟长堤一痕、湖心亭一点、与余舟一芥、舟中人两三粒而已。到亭上，有两人铺毡对坐，一童子烧酒炉正沸。"

我身畔亦有茶童，会烧水递茶，却不懂煮酒。她时常立于身侧，能为我翻阅古卷，查看旧迹，如此免去我一些琐碎之事。茶①虽初识字，却可凭其直觉知晓千百文字。这一切，或许是她与我朝夕相处之故，更多的，是一份与生俱来的性灵。

年少时，我虽喜酒，却饮之不多，亦无定期。自古文人与酒，文人与茶，都有不解之缘。女子饮酒，亦是一种风情。李清照少女时，于溪亭喝酒，沉醉不知归路。年轻时，和丈夫赵明诚对饮，琴瑟和鸣。及至暮年，拼尽一身憔悴，更离不开三杯两盏淡酒。

唐代女道士鱼玄机，有诗："旦夕醉吟身，相思又此春。雨中寄书使，窗下断肠人。"虽入空门，坐对暮鼓晨钟，然她才情绝代，世间最难了却的，仍是一情字。

"梦回酒醒春愁怯，宝鸭烟销香未歇。薄衾无奈五更寒，杜鹃叫落西楼月。"若无这盏酒，朱淑真如何度过那些寂寞无情的岁月。虽有词酒相伴，她依旧一生落落寡欢，抑郁而终。

酒让人消愁忘忧，茶令人淡泊清醒。我对文字，是使命，于茶酒，却是情深。离开文字，大不了做个凡妇，如此，亦不用于孤灯下

---

① "茶"在这里指茶童的名字。——编者注

辛劳耕耘。若舍了茶酒，怕是一日犹如百年之久，泛滥的光阴，拿什么来消磨。

我本慵懒之人，这几月，抄了几段《黄庭经》，便搁笔作罢，书斋里早不闻墨香。学了几日古琴，亦觉无趣，冰弦久未抚，唯琴台时时勤拂拭，为怕落满尘埃。至于远方的风景，我也无暇赏玩，不过是几段江南山水，往返探看。

屋舍里，只摆放几盆兰草、几幅古画，乃至一些用习惯了的茶具，余下的饰物，尽力删减。日常生活，亦是朴素而俭约，偶尔的奢华，之后也觉无趣，成了负累。

所有的断舍，并非刻意，人到了一定年岁，所求不多。三千年前孔子便说："一箪食，一瓢饮，在陋巷，人不堪其忧，回也不改其乐。"一个人的境界多深远，源于其心性，风雅之士未必淡泊，市井凡夫亦可甘守清贫。

"老去自觉万缘都尽，那管人是人非；春来倘有一事关心，只在花开花谢。"所谓万缘皆尽，也只是内心的清简，人世纷扰，被拒之门外。眼前，只有一壶老酒，一盏佳茗，几本闲书。于我，甚至春来花开花谢，秋去叶落叶枯，亦不关心。

那时年少，有"春风得意马蹄疾，一日看尽长安花"之飞扬气势。竟不知，春光再好，繁花如锦，亦有败落之时。世间万物，有其自身规律，好花不可赏尽，好物不可皆得，就连功名，也如同时光，是有期限的。

情缘更甚。多少人，都只是你红尘陌上的过客，聚散离合，最后依附的仍是孤独的自己。世事飘忽，浊浪激流，许多突如其来的变故，是你所意料不及。你不曾为谁相守情长，亦无人为你等候天荒。

此一生，逢灾历劫，最后都是自己走过去的。若有相欠，亦都是加倍偿还，命运如此公平，我又怎能叹怨。每个人一生所拥有的，早有安排，多余的，终将交还回去，一丝不留。

当下我享有的一切，皆是岁月的赏赐，亦是我多年辛勤耕织所得。因为来之不易，故而不忍随意挥霍，更知人生起落多变，亦凡事皆懂得节制。世上荣华富贵，多是贪恋且欢喜，若心思清坚，品性高雅，纵遇不如意之事，也可以风轻云淡。

幼时母亲总教我俭约，纵有良田千顷，家财万贯，也不可奢侈。更况只是布衣凡人，当珍财惜福。母亲的话，意味深长，然我心性洒脱，不喜计较一城一池。但这些年天涯奔走，始终不忘她的叮咛嘱咐。但凡有骄纵放达之时，便提醒自己，日子还长。

是的，日子还长。哪怕万缘皆尽，剩余的光阴，也是要认真打理。"黎明即起，洒扫庭除，要内外整洁。既昏便息，关锁门户，必亲自检点。"是古训，也是人世之礼，亦不可随年龄增长而改变，须维系一生。

可以忽略恩怨，不惹尘缘，却要美好温柔地活着。日闲人静，细心擦拭桌案的尘，用微火悠悠煮一壶茶，读一卷古书，慢慢品饮。寂静中，听得见窗外桥下的溪水潺潺，风吹竹子的响声。渺小的草木尚且如此平静欢喜，我又怎敢心生怅触。

待到来年，梅花开过墙院，燕子返回旧巢。无论你是否容颜老去，庭园的花事如期绽放，笑傲春风，不增不减。身边的人，慢慢老去，连同自己，也败给了岁月。旧日河山，那时光景，亦不复存在。

想要回去，于幼时小院，家人齐聚堂前，粗茶淡饭，谈笑风生，已成奢望。当时只道是寻常啊，甚至厌倦了山村的朴素，唯盼远离，好好地将天下戏游一番。

如今多怀念，母亲倚着柴门等候父亲的情景，瓦屋起了炊烟，村里各家灯火已亮。我仍是那个小小女孩，心思纯净，或捞萍归来，于厨下帮忙择菜添柴。

若遇农耕淡季，村里会打扫干净戏台，请来戏班，唱上几天几夜。让原本清淡的日子，多了一番华丽景象，比之集市更为繁闹。

曾经筵席上，满堂亲宾，众人执壶把盏，猜拳行令之盛况，去了哪里。说好了，来日方长，后会有期，是谁误了归程。如此也好，各自守着小小天地，掩门度日，不论人是人非，只盼吉祥安稳。

来年陌上游春，园林赏花，也不沾染情缘。至于过去的人，若有惊扰，道声原谅。人世水远山长，纵不相逢，亦当各自相安。

世态变幻，浮云流转

观世态之极幻，则浮云转有常情；
咀世味之皆空，则流水翻多浓旨。

　　暮云低垂，山风如水，秋日的黄昏清澈又迷离。以往我忧惧黄昏，只觉多少萧萧之景，落寞心事，皆随暮色袭来，让人无可避闪。

　　我将一切烦恼，归于身世，归于飘零，归于孤独。但事实上，人生之景都是现前，若窗外一片光明空阔之境。墙院的竹影清洁有情，桂子闻风相悦，还有与我朝夕相见的茶，此刻立于我身畔，这般柔顺听话。

　　世态人情，因光阴的流转，而不断改变，有些难遂心意，有些如你所愿。如此，万物交替，白云飘浮，竟成了寻常的情态。人生百味皆尝，但品尽之后，又万般成空。反之，平淡的流水，简洁的日子，竟饶有情趣，意味深长。

若从前，我不过是一叶漂萍，处世谨慎小心，待人谦逊温和。当下，有了自己的归依，对人择物，则多了一种豁达洒脱。那时一无所有，但心存大志，愿采撷一片云天，赠予自己。如今，年岁日益增长，心思却安静了，所要之物，寥寥无几。

佳茗若佳人，世人追慕，富贵荣华更是，众生喜爱。然人因故旧而可贵，物因稀少而珍惜。凡尘万物，为我们所用，非我们所有，一切贵在适宜，恰到好处。

弱水三千，只取一瓢饮。并非真的情深，也非执念，而是不要有太多的选择，如此便无须费神，更不必纠结。犹如一个男子，万花丛中，悠然而过，片叶不沾身。又好似一个女子，一生的妆奁里，只有一方古玉，一枚发簪。

这些年，我喝了许多种茶，亦有独爱的一壶。养过许多的花木，也有为之情深的。佩戴了许多的首饰，后来，只留取了彼此的唯一。多少旧物新宠，皆被我无情舍弃。尚有一些残余的古卷老玉，封藏在木匣子里，想来余生，也无几多观摩把玩的闲情。

但这些钟爱之物，亦都可以被替代。人世百年，多少悲欢离合，都是寻常。万般美好，亦只是浮花浪蕊，有荣有枯。人在世间，做到尽心尽意，慈悲良善，自可无憾。不可强求之情感，不能得到之物，放下的那一瞬间，便已释怀。

与其说这是一种淡泊，莫如说是倦意。年少时，唯愿时光仓促，如此便可免去许多故事，少历些许灾祸，亦不会有那么多哀怨愁烦。可今时，寸阴如珠似玉，稍有不慎，蹉跎了半晌，都觉愧疚。

看我柔情婉约，实则洒脱不羁，散漫随心。不知我幼时采桑伐竹，拔笋剥莲，不落人后。直到后来长发及腰，旗袍款款，也是亦茶亦酒，不让须眉。

连同写文成卷，亦求素笔天然，不要字字珠玑，只愿平淡真实。这样，无须费心铺陈，不必思量万千。万物皆听从我安排，世事任凭我吩咐，方可落笔如流，舒卷由心。

如此，用光阴织出的文章，一字一句，自是真情实感。而有缘的你们，也能一句一段，读进心里。故而，再不要那么多的悲伤惊惧，因为人生本就朴素。世俗之事，虽简洁素白，却也意思无限。

我本草木之人，却存冰雪之心。无论文字这条路，我走得有多远，终志气不减，灵性不输。浮世里，有太多的诱惑，应接不暇。我只要，一隅安定之所，于方寸之间，与万物相知，细水长流。

愿你经过我的世界，温暖亲切，从容安稳，什么扰乱都没有。人生最美的，仍是自然简净。我素日不施胭脂，也不爱花色衣服，行文亦不喜修改删减，心之所往，则是至纯至真。

岁月漫漫，不知尽期，每行一步，每经一事，着实艰难。一如平凡的我，每天都在重复着一种简单的姿态。一如平凡的你，每天都在流转相同的悲喜。光阴如水，一去不返，明月无声，任自圆缺。

世事虽变幻无常，参透了，仍是平常。人与人相交，无非是来来去去，得到一些，失去一些，记住一些，又忘记一些。纵有过错，覆水难收，也不必计较。有一天，不论故事长短，情缘深浅，万般皆尽，不沾于身。

秋日的清，是旷野间渺无一人，心生一种前程未卜之感。秋日的静，是庭院里重门深锁，让人只想长居室内，遗世闲隐。

这个季节，就连落叶白云也清冷孤傲，聚散匆匆，不与人言。一年又将尽，惊叹时光如飞，却无可忧惧。待天空下一场初雪，今岁所有的故事，便也要谢幕，道声离别都是多余。

这一年，与从前大抵相同，唯白发频频生长，有增无减。而我，不过是抄了几页经文，著了一本闲书，只记不清喝了多少壶好茶，又醉过几回酒。总之，年岁大了，清醒时很少，糊涂时很多。

倘若有一天，断绝了世事人情，并非我厌倦，而是老来渐忘了一切。且不知，我有多吝惜时光，亦慢慢懂得，爱惜自己。以往的烦恼，被岁月收敛，再不能惊扰我的旧梦。

现世里，多少美好事物，一生无缘企及。唯自然山水，人间草木，可伴你日日修行，直到功行圆满。至于一个人的富贵、情感、聪慧与性灵，难免有偏失。你可以洒然以待，却不该生妒忌之心。所谓勤能补拙，你想要的风景，早已在远方为之等候。

忧患让人不安，闲逸令人疏懒。一个人的境界深浅，与其品性气度相关。若众生皆如流水那般无私，润泽万物，而不争名利，想来这人间会温柔许多。

如此，万物相知相守，无有贵贱雅俗之分。孤山林和靖栽种的梅花，与梅庄的梅，有何所别？东坡喜爱的竹，和民间庭院里的竹，心性一般高洁。世间之景，遇雅则雅，遇俗则俗，道理相同，神韵共通。

诗经里的女子，宋词里的女子，乃至民国烟雨里的女子，也是今天的我们。百年光阴何其短，千年也只是一瞬，再好的华年，不过刹那芬芳。唯内在之美，千秋万载，不会缺失，熠熠光芒，日月同辉。

不入凡尘，难知世事，未经霜雪，怎作梅花。人在历史面前，那么渺小，却又真实存在，不可飘忽。天地万物，神秘无穷，守一城，择一事，候一人，如此，便是佛经里常言的妙境。

拥炉闲话，
敲冰煮茗

夜寒坐小室中，拥炉闲话。渴则敲冰煮茗，饥则拨火煨芋。

小雪之后，天气骤冷，室内起了炉火，温暖如春。每逢此境，便会想起白居易的那首诗："绿蚁新醅酒，红泥小火炉。晚来天欲雪，能饮一杯无？"

我亦有米酒佳酿，有陈年普洱，却候不到三五知己，围炉闲话。梅花处冰雪之境，适宜修行。梅虽孤清，尚有岁寒三友，与之风雪相伴，潇洒出尘。古人交友，或对弈静心，或品茗清谈，或琴诗相和。而今我，却什么亦不想要，只贪恋一点人间情味。

此时窗外风雨潇潇，黄叶纷飞，屋内和暖如春。满室茶香，以及佛手散发出的幽香，令人心静神清。我该庆幸，承蒙上苍眷顾，可以依靠写字谋生。不必经风历雪，只需静处一室，感四时交替，书岁序风流。

煮茶静坐，纵无诗文也不枯燥，无知己亦不寂寞。甚至时常想懒散一些，做个彻底的闲人，听戏唱曲，不管什么《诗经》《楚辞》、唐宋小令。也不管新书几时上市，销售几何，那万千不相识的读者，多少人一直都在，多少人又渐行渐远。

炉上温着绍兴花雕，桌案摆放几碟上等小菜、各色鲜果。万木凋落，唯堂前两盆幽兰，四季不改春颜。当下的一切，令我欢喜且安逸，习惯了这样简单的模式，亦不想有所更改。若要我流离颠沛，我自是不愿，对于享有更多的富贵，也是无求。

读古训格言，多是警世之语，让人励志勤奋，教人谦逊友善，亦要淡泊不争。我虽安于现状，却知人生不可太闲，然早已过了那个寒灯苦读的年代，只愿不要荒废太多的光阴便好。更况人生何处不是修行？焚香礼佛，生火煮茶，案前插花，厨下择菜，皆是真实的日子。

幼时入冬后，忙碌喧闹的村庄，转而寂静。收割尽的田野一片荒芜，草木不生，农事亦搁歇。辛苦了一年的农人，可以静享一段安闲时光，守着门前一树梅、室内几缕烟火，亦不去管来年收成如何。

南方多雨，空气湿冷，有时雨一下就是半月，甚至更长。雨雪之日，各家门户都会生好火炉，既可取暖煮茶，也可烘衣除湿。每年秋季，父亲便会伐木烧炭，装好满满几大箩筐，以备度过漫长的冬天。

白居易笔下的卖炭翁也是有的，满面尘灰，两鬓苍苍，一车炭，换取一点碎钱，为家人制件新衣，储藏一点食物。人世的艰辛与沧桑，安逸和华贵，无论在哪个朝代，都相互并存，不曾冷落。

父亲晨起，打扫庭除，生好炉火。母亲做好早饭，收拾了碗盏，便坐于暖炉边缝衣制鞋。一针一线，细细密密，都是情意。白日也有邻舍妇人带了孩童来家中闲坐，围炉闲话。取一撮山间采的野茶，煮沸畅饮，似闻见春的气息。火盆里，烤些山芋、玉米和鸡蛋之类的小食，当作茶点。

如此一日，你来我往，时光倏然而过。寒冬夜幕来得早，瓦上起了炊烟，吃罢晚饭，村庄寂然如水。各自掩了门户，家人围坐吃茶闲聊，幽深的长巷，偶有行人路过，时闻犬吠声。堂前淡淡光晕，有小雨从天井洒落，转而成了细密的雪花，如梦如幻。

父亲把炉火烧得更旺，庭外急雪回风，愈觉屋内温馨美好。天井的瓦檐上挂起了冰凌，母亲取下来，配上橘皮、山楂和冰糖，一起煮水，清香酸甜，味道极好。我斜躺在摇椅上，听父母说一些远去的旧时光，说他们幼时的辛苦，说当下的安稳，也畅想未来的生活。

父亲得闲时太少，纵是风雪之夜，亦难得安睡一回。人食五谷，生老病死本无常，病痛时也不能挑拣时辰。有时夜半，闻阵阵叩门声，父亲便披衣而起，背着药箱，于黑暗中消失在茫茫风雪里。母亲有时觉他劳苦，叮嘱其配点药，让来人带走回家喂服，以缓病痛。父亲于心不安，执意亲自上门问诊，解人疾苦。

如此数十载，往返邻村各户，春秋不停，冬夏不歇。纵白日于田间劳作，也要放下手上的农活，赶去治病救人。夜间一点闲暇时光，亦不舍得荒废，灯下翻读《神农本草经》，研习药理，学而不厌。

父亲忠厚沉默，除了对待病人细致耐心，平日里寡言少语。他喜一人深山伐薪，不邀朋结伴，砍的柴木，也是捆绑齐整，丝毫不肯凌乱。他栽种的花草，也是端正茂盛，一如他的性情，正气浩然。后年迈古稀，他总是一人漫步闲庭小径，无人作陪。

父亲的一生，恰若南方的寒冬，多风多雨。虽坎坷曲折，却几番逢凶化吉，似有不断的炉火，给其温暖。他总是在忙碌，不能停歇，忧时太多，喜时太少。寻常的农人，只图盛世丰年，家宅平安。他却有许多挂念，院里的柴火是否足够过冬，诊过的病人是否已经安好。

父亲不懂诗情画意，尽管他砍柴回来，时带山花，问诊归家，也折野梅。村亭路畔的景致他无闲心赏看，柳下溪畔的浣女他视若无睹，春花秋月、夏荷冬雪亦与他无关。他只在意药箱里的药材是否备齐，在意苍茫暮色下的袅袅炊烟。

母亲一生都为之担忧，怕他砍柴晚归，遭逢意外，怕他夜逢大雪，归路崎岖。如今，这些担忧都可以省略，父亲亦不必背着沉重的药箱过桥穿山，下乡走户。他静静躺在寂寞山岭，有松竹做伴，有暖阳护佑。他一生最爱的，是山间的柴薪和药草，今时与之相守，也算是如愿以偿。

想来，母亲心中更渴望夜寒坐小室，家人拥炉闲话吧。她是个有慧根的女子，懂得敲冰煮茗之雅韵，亦是个灵巧的凡妇，有拨火煨芋的闲情。奈何父亲忙碌半生，灾病半生，让她无有更多心思去享受生活的诸多美好与乐趣。

她亦向往"宜言饮酒，与子偕老。琴瑟在御，莫不静好"的情感。他迎着晨光去打猎，她于室内烹煮佳肴，他风华正茂，她红颜不老。此一生，守着那座小小村庄，平凡耕织，不要迁徙，也不要富贵。

人生因为有缺憾，才令人想要加倍珍惜。母亲已是风烛残年，老病缠身，再不见往日轻盈姿态。又逢冬日，母亲有头疾之症，寒冷时发作频繁。可叹，她身边再无那个早起为其生好暖炉之人，一盏热热的药汤，亦要自己煎煮。念及此处，心生悲凉，千里之外的我，竟是有心无力。

如人饮水，冷暖自知。纵是至亲之人，亦不可替代其境遇。若有来生，愿一切如她所愿。而我，所能做的，则是善待自己，不劳其挂心，珍惜今世的福分。

参透迷幻，
放下繁难

从极迷处识迷，则到处醒；将难放怀一放，则万境宽。

　　清秋的晨，天地如洗，疏朗而明净。小园幽径，几丛落叶，一池静水，一涧青草，几片闲云。书斋案头，一炉香，一张琴，一瓯茶，一卷经书。

　　推窗已有凉意，这季节，或是光影下飞尘追逐，或是细雨中草木绵绵，都有境界。炉火上，茶烟不断，几碗茶汤下去，顿觉气爽神清，内心豁然，空灵安闲。世间再无此美妙之事了，将过往尘虑，终日忧思，一一消解，澄心忘俗。

　　《礼记·大学》有载："富润屋，德润身，心广体胖，故君子必诚其意。"品性端，心境宽，意念诚，则体态安详，心思清简。

这些年，与诗文茗茶做伴，已然习惯了清净生活。虽有时亦被文字所累，光阴追赶，但最后皆可从容相待。最怕尘事相扰，琐碎缠身，令我浮躁困倦，力不从心。

许多事，尽力省略，也不在意一城一池。世间万物，过繁则闹，拥有多了，也是负担。有时，明知山水无穷，风光明媚，也无心去搭理尘世里的蜂喧蝶舞。日子，一切从简。

想着，为了华屋广厦、玉粒金莼，而碌碌奔忙，莫如守几间草屋，可蔽风雨，烹一桌简食，得以温饱。好光阴，并非用来回首，而是需要认真度过的。

素日里，不与人来往，不知岁月如梭。仍觉自己是当年二十岁的女孩，美好浪漫，不染沧桑。恍然间，于镜中见头上生了白发，眉角纹深，转而悲伤，自知好年华已远。待静了心，品茶读书，又觉生老病死乃人生常理，无有惊惧。看着自己缓慢地老去，内心始终清洁如月，优雅若诗，又何尝不是一种幸福。

人生如逆旅，天地有参差，故而不必事事求顺境。置身迷幻中，若能参透迷惑，以后的人生，便无处不清醒了。若将那些郁结于心、迟迟难以释怀之事放下了，则万境皆宽。以往觉得迷惑、想不透的事，或在某个瞬间，如梦初醒。而那些缠绕不去、解脱不了的繁难，也会迎刃而解。

日子，是自己在过，一朝一夕，一丝一缕，无人可以替代。是甘是涩，幸或不幸，唯有自知。相同的季节，同样的景致，有人见之则喜，有人见之则悲。际遇不同，心境不同，悟性不同，对待人生的方式，亦是不同。

梦里我时常颠沛流离，居无定所，或得一檐寄身，方能心安。又或是处境窘迫，被人事所逼，落得愁眉不展。醒来，风静日闲，万物清安无事，何来不好？所谓的艰难，皆因心有杂念，脱不开往事的藩篱。

当一个人思慕安定，是因从前飘零无主，而向往随心所欲，则是为世所缚。其实，只需持几分端正，多一些糊涂和痴傻，反而可以安稳地过好此生。人间事，多是虚幻，不必事事较真。若过真，何以意味深长？亦不可太枯，否则又少了情趣。

世事繁芜喧闹，而人却那般卑微渺小，为求安稳幸福，必要经历万苦艰辛。思古人，多少风云动荡，王朝更迭，江山换主，百姓门庭，仍是花开花谢，燕子往返。当下盛世清明，只要勤俭心宽，自是温饱不愁。

幼时在山村，虽都是清贫之家，天下的富贵荣华与之无关，却亦是一片静好的桃花林。世代以耕织为业，一年收成不仅靠辛勤，亦靠天意。播种插秧、耕田收割、采桑摘茶、养蚕织布，哪一桩，不是难事？

若是天公作美，遇了丰年，自是欢天喜地，感恩不尽。若遭自然灾害，亦是人力所不能改变，只能坦然接受。但纵是荆棘丛生、风雪交加，每一件事，最后不都挺过去了。

这些年，每处忧患之中，便会想起乡村里那片温柔璀璨的星空。想起冬夜，我透过雕花的窗格，看天井絮雪飘飞之景。想起灯影下，年轻的父母数着一年省俭积攒下的银钱，脸上的喜悦之情。那一刻，我在梦里都觉安稳。

木楼上，古老的粮仓堆满了够吃一年的稻谷。柴房里，亦有父亲闲时砍伐好的柴薪。母亲喂养的牲畜，温驯听话，栽种的果蔬，清新翠绿。父亲的药箱，母亲的妆奁，都藏着一段深稳华丽，以备生活中的不时之需。

于他们而言，世间一切荣华，都抵不过家人的平安相守。耕田纺织，采药治病，庄严而美好，苦日子，也是甜蜜的。这世上，原不会有绝路，及至后来父亲几番病重，数十年的磨难，也都熬过来了。

父亲一生以行医救人为乐，寡言沉默，只和药草做知己。今生所遇的灾劫，怕是前世所欠，他看似糊涂之人，却活得清透。故而他来去自在无牵，人世几多悲欢离合，他皆不在意。母亲多情聪慧，心思细腻，岁月漫漫，多少风尘她都要一个人走下去。

过往的一切，被流转的光阴湮灭，早已不复存在。梦里眷眷不舍的，是旧时瓦屋上的那一缕炊烟。他们费尽一生艰辛，成就了我今日的好。而我所能做的，只是对自己多一些爱惜，守着现世的宁静，不要功贵，便不会有惊涛。

居江南小院，每日诗酒琴茶，我自是如愿以偿。当下属于我的，未必一直都在。也许有一天，门前的梅柳，巷陌的风景，连同这个时空里的一切，都会消失。

"多少六朝兴废事，尽入渔樵闲话。"山林的竹篱，江边的客船，随着六朝的兴废，都成了往事。万物让我们看到了生命的可贵，以及尊严。尘世喧嚷还在，唯光影沉默不语，静静地与这个时代相守，哪怕只是一个小小角落，亦让人心宽。

四时风物，看得见的，看不见的，我都喜爱不尽。一如此刻的秋阳，让人时而迷幻，时而清醒，时而倔强，又时而柔软。有时，一缕清光，可以开释多少迷雾，一点灵心，又可以省去几多烦虑。

炉上的茶汤频频煮，淡而无味了，我又该添些新的。

热处思冷，淡处求浓

能于热地思冷，则一世不受凄凉；

能于淡处求浓，则终身不落枯槁。

人事若飞尘，来往间只是一场纷攘。岁月如幻梦，一起一落一浮生。这些年，我浸润于诗酒琴茶中，外事皆不参与。浮华无关，落魄亦无关，像极了墙院安静生长的草木，素朴也纯净。

我养的兰，虽有灵性，却总是少了几分朝气。纤细的枝，不够深翠，些许薄弱。每回花开，也不过两三朵，洁白清新，若几笔淡墨，于宣纸上微绽。或许兰久居静室，不见阳光，此等姿态，也是寻常。

母亲眼里，我便是静室里的兰，不经风雨，体弱多病。我幼时于乡村长大，也算是与泥土为伴，和白云放飞，但到底不及那些农家女孩，有着凡花俗草的坚韧。后来，常年与诗书交织，更添柔弱，寄身深深庭院，怕经霜雪。

到如今，早已是梅花之身，风霜何惧？其实，以往我的性情，很是不屈，有一种视死如归的烈性。我骨子深处，与母亲极为相似，但人生际遇不同，故各有差别。

母亲年轻时居山村，性子爽朗，处世豁达，深得人心。父亲治病，她抓药；父亲上山打柴，她梳理菜园。数十载光阴，不曾与人有过争执。和善如她，但她的骄傲，也一直相随，不因年岁而减少。

而我，这些年孤身飘零，久历风尘之苦。早年的亮烈、任性与固执，消磨得所剩无几。慢慢地，我懂得人处世间，需要更多的妥协与温柔。我忽略了许多细节，亦不在意太多的背景，学会了谦逊，知道了隐忍。

天地何其宽厚，人在其间，只是飘荡的飞絮。我知人生珍贵，却不把自身看得那般重，人前谦卑知礼，不失大雅。别人对我的一点好，我觉是千金之赠，不敢贪恋，总想着要偿还。

以往母亲时常教我省俭、惜福，如此一生不落困窘之境。今时我却相劝于她，学会柔软，切莫再要强大。父母之恩，浩荡无私，没有保留，但有尽时。人生可以永远依附的，唯有自己内心的平稳、宽阔。

一个人内在的品性、修为，决定了其一生的命数。佛教里说的上乘境界是，不避尘世，不贪功名，无挂碍，无拘束，在家出家，在世出世，万般随缘。若能随遇而安，不追过往，不畏将来，认真过好当下，何以不得清闲？

这几年，虽不再读《红楼梦》，但宝钗之性，我却极为喜欢。她世故通明，厚重柔顺，沉稳，有涵养。她的圆融良善，让她无论遭遇何境，皆可自我护佑，远离伤害。她入住大观园的蘅芜苑，每日看书或做针线，闲时和迎春、探春、黛玉等姐妹，一起下棋闲聊，彼此和睦相安。

宝钗心思端然大气，不似黛玉那般细腻多情。她知识渊博，诗文皆通，却不沉浸其间，移了性情。这样的女子，便是"能于热地思冷，则一世不受凄凉；能于淡处求浓，则终身不落枯槁"。

她虽家财万贯，生活上却是极简，不喜铺张。她穿戴朴实，居所简净，毫无富贵之风。于情感，她也是若即若离，故后来宝玉看破红尘，出家远走，她经别离，孀居也可自安。

宝钗内心丰盈，对文学戏曲、诸子百家乃至佛学经典，皆有涉猎。她所服用的冷香丸，亦是用世间名花制成。她与人言合意顺，艳冠群芳，虽浓且淡，喜清则贵。也只有这样贞雅娴静的女子，可以终身不落萧索之境。

论聪慧灵秀，才思俊美，黛玉不输宝钗。于世事人情，黛玉心中亦是明白人，无奈却又有一段痴念，萦绕心间，不得消解。黛玉的通透豁达，是对万物的宽容，对人世的谅解。

若无前世的宿缘，她此生，亦不会有此执念。人世万般，荣华清苦，善恶美丑，她都不曾介怀。只有一段私情，不能放下，时刻认真计较，至死不渝。除了宝玉，再无她气恼动心之事。她不惊于谁，亦不被人惊，所有的聚散无常，生死离合，她皆淡然处之。

黛玉有着诗人的气质，诗人的伤情，诗人的痴心。所以，她命定一生要凄凉清冷，背负着情感，孤独谨慎而行。她有泪要还，如何似宝钗那般，从容洒脱。缠绵之情，剪剪轻愁，郁结于心，落得经年病痛相煎，形容憔悴。

黛玉有诗："一畦春韭绿，十里稻花香。盛世无饥馁，何须耕织忙。"可见其内心，并非被悲伤占满，对人世风光有着太多的珍重。她喜王维的诗，淡雅清新，不染名利。她的心，则是一片洁净的山水，奈何大观园没有情义，容不下她的纯真。

薛宝钗则有咏絮词："几曾随逝水，岂必委芳尘。万缕千丝终不改，任它随聚随分。"她是这样的洒脱豁达，随分从时。将名利得失，乃至情爱看淡，朴素自持，方可摆脱人生一切烦恼。聚散随缘，苦乐无意，纵是花雨间摇荡，也毫发无损。

有时若心存执念，不得释怀，便想着宝钗的处世之道，顿觉豁然。史湘云曾说："我但凡有这么一个亲姐姐，就是没了父母，也是没妨碍的。"宝钗素日对其关怀备至，为她排忧解难，在她心中，宝钗是个真诚宽厚之人，也是明朗圆润之人。

那年八月十五中秋夜，黛玉对景感怀身世际遇，俯栏垂泪，一旁的史湘云劝道："你是个明白人，何必作此形像自苦。我也和你一样，我就不似你这样心窄。何况你又多病，还不自己保养。"

这也是湘云的过人之处，她性情爽朗，不拘小节，喜文喜武，大雅大俗。她将所有不如意之事，只作寻常。她从不自伤，对人生的种种苦楚，皆守口如瓶。她是那树向阳而开的海棠，风情明媚，乐观洒脱。

我知黛玉心意，更知她是举世无双的冰雪女子，却不要，亦不能做她那样的女子。我可以志气不减，守着自己的小小天地，些许骄傲，些许执着。在人前，也要低眉柔顺，温和婉转。任何与人相犯决裂之事，此生皆是要避免的。

人的一生，恰如二十四节气，有冷暖交替，有春种秋藏，也有夏荷冬雪。暖处思冷，淡处求浓；贵时思贫，静处求闹，如此无论处于何境，自可潇洒不羁，神采清扬。

乐境能享，苦境觉甘

当乐境而不能享者，毕竟是薄福之人；
当苦境而反觉甘者，方才是真修之士。

入冬以后，夜长日短，更觉时光仓促，不可挽留。若阳光晴好，尚可庭园赏菊，猜测今岁蜡梅几时开放。若遇烟雨之日，则只是竹榻上品了几盏茶，便耗费一日光景。

年岁大了，愈觉寸阴寸金，惜时一如惜福，都那般珍贵。人生在世，所求的无非是虚名浮利，庭园一座，情缘一段，知己一个，再想不出还有其他。该我的，都被岁序慢慢填满，不属于我的，亦渐渐远离。

一切都在消散，唯白发来了不去，聚了不离。都说时光无情，可

推窗望去，不过是叶落花开，人世冷暖历然，何来改变？有时对当下
平淡的一切，不免心生怨怅，但今日种种不正是昨日所求，还有何不
知足？

《小窗幽记》有句："当乐境而不能享者，毕竟是薄福之人；当
苦境而反觉甘者，方才是真修之士。"何为乐境？何又为苦境？些许
功名，些许微利，衣食无忧，万事不愁当是乐境。无功名寄身，碎银
难取，居无定所，飘零流转应为苦境。

倘若身处乐境，而不能安享清闲者，算是薄福之人。则置身苦
境，反觉甘甜者，方为真修之士。人生所有的乐境，并非与生俱来，
而是苦境中的诸多磨砺所换取。不肯安享清福，皆因为苦境犹在，难
以释然。

佛经里说世间众生的苦，是无明之苦。人心其实是一切苦境的根
源，若心无执念，无贪嗔痴，内心清澈豁达，便视苦为乐了。西风斜
阳，荒村老树，是苦境，亦为乐境。姹紫嫣红，琼楼玉宇，是乐境，
亦可为苦境。

当年东坡居士几番谪贬，仍旷达明净，煮酒言欢，佳词不缺。盛
世中他风云无际，乱世中他也是洒脱不羁。亡妻离世，他内心悲痛，
却也不落低沉之境。天下乱纷纷，他心有忧虑，亦始终不输志气。人

世几多无常，在他心里，皆是一样的敞亮顺达。

千古人物，多少英雄美人，即是你我的今天，又有何分别。万物有灵，或有增减，却不改其规律。蒹葭苍苍，白露为霜，《诗经》里的景致，也是当下之景。在水一方的佳人，乃至长安水畔的丽人，以及采桑的罗敷女，为苏轼煮茶烧饭的王朝云，也从未曾远离。

静下来的时候，只觉万事不去折腾，便是最好的惜福。日子清简，千般随缘，良善之人自有神佛护佑，何必忧惧。人生少一些抉择，则少一点烦恼，繁华迷人眼目，简洁可省略许多欲求。

过往一桩桩事，皆是苦乐交织，到今时，什么都不是。有时候，不必理会太多，依照自己的心意、喜欢的方式去生活，便是好的。外界的一切，于个人而言，都是风尘浮云，心不动，则不落于身。

真正的修行，是处逆境不觉苦，享乐境而知珍惜。否则，纵给你多少富贵荣华，也恰似南柯一梦，醒来一场空无。万物有成必有毁，人生有聚则有散，当下的一切，并不是永远。若心境懂得更换，灵魂有趣，是陌上花开，还是行至水穷，又何妨？

我有过苦境，受过凄凉，一个人凭着一种信念，支撑着走到今天。一路上，也有曼妙风景，有逶迤曲折，却都是不娇不媚，不折不屈。今日的小小成就，是那时所不能想象的，来日有多少福报，亦是当下不可预测的。

须知无论处于何境，都要修身克己，如此盛世免忧，凋年也不至于荒芜。享乐境之福，亦念及困境之苦，持欢喜心，过寻常日子。案上瓶花不绝，日日有好茶，餐餐有时蔬，自是心满意足。任岁月山回溪转，世事纵横交错，也当无惧。

一如我的母亲，在她年轻之时，不晓得人间忧念，整日忙于堂前厨下，觉人世一切都是好的。白日打理家务，吃过夜饭，则随了邻舍妇人，去往各村看戏。木箱里的银钱不多，足以家常度日，身体康健，心中安稳，自是喜乐无边。

母亲时常教我，凭自身血汗所挣的钱财，皆是千秋万代，经久长远。所有轻易得来的财富，都如幻境，难以久长。我今时拥有的一切，一半是运气，一半是努力，进取已是不必，守护则是应当。

我向来是顾惜情分，念旧之人，在人急难之时，总是给予帮助。平日虽知钱财来之不易，且不管所用是否恰到好处，但一定要用得有情有义。有时也糊涂，看不懂人心，辨不清真假，心知受人谎骗，也只好故作洒然。

也起过贪念，有过春风得意时，几番来去，几经辗转，到底一场空。若心思清洁平正，慷慨明达，便不至于患得患失。若反复折腾，追求无限，纵是平易之财、薄浅之福，也是守不住。看明白了，便不生惆怅，悟透了，万般皆不可惜。

静坐喝茶时，看窗外落叶成堆，才觉眼前这一刻生命的美好与庄严。想着以往寄身檐下，处于忧患，那些隐于深巷不为人知的岁月，也是贵重。无论那时经历多少风霜磨砺，或是冷眼讥笑，我皆是日日谨慎修行，不敢松懈。亦是受过了那万千的辛苦，才有了当下的称心如意。

世上但凡好的物事，都是洁净的，不被感染，不惹尘埃。比之从前的苦境，我此刻的景况当是乐境，怎可再起贪念，心生悲哀。奈何得到了一小段安稳，却输掉了一大段妙年，或许命运待人就是这样爱憎分明，有喜有忧，有得有舍，才算平正。

若所有的苦境，都为了成全乐境，那么处乐境，自当安享福分。纵有一日，惊动山河，为世所妒，重回苦境，也觉甘甜。因为，多少那时不以为意之事，今时却想要倍加珍惜。假如再有一次这样的机会，又何乐而不为？或许，将过往的历程，再行经一遍，未必做得有初时的好。

　　对世事全然无知，顺应自然，反而是有益无害。提前知道结局，则损了福报，日后终要偿还。故而有时，我对往昔一切，选择相忘。如此，日子清润如新，又有了新的机缘，顿时心思明敞，比之往常更觉有情有味。

　　窗外的梅花又将开放，梅花是世间置苦境反觉甘者，亦是真修之士。待初雪过后，一树梅花映在窗纸上，不知是何种仙境。如此想着，心中婉约，真是欢喜难言。

粗衣淡食，一段真趣

清闲无事，坐卧随心，虽粗衣淡食，自有一段真趣；

纷扰不宁，忧患缠身，虽锦衣厚味，只觉万状愁苦。

近日来，或许是开始落笔行文之故，夜半醒来，便再不能入睡。思绪万千，如丝如缕，不是愁念，并非忧虑，竟不知从何说起。

到底是修行太浅，情思细腻，纷繁多于素简。这些年，也经风雨，几番荣枯，虽有缺失，终是此消彼长。人生本就风浪相随，要多幸运，才可以一直晴空万里，岁月清明。

曾经与我同行之人，有些仍在红尘阡陌，不急不缓，日子平淡简约。有些，千舟已过万重山，不可企及。而我，被些名利所缚，被些世情耽搁，被些执念拘绊，难以洒脱自然，从容飘然。

漫漫行程，当走过无悔，一切付出，都是情出自愿，谈何亏欠。人不能总沉浸于过去，否则未来的风景，何以纯净澄澈。多少烦恼之事、无理的情缘，皆束之高阁，再不轻易想起。

内心散淡如山风闲云，万般忽略不计，坐卧随心，虽粗衣素食，也自得一段真趣。倘心事纷乱，忧惧缠身，纵锦衣玉食，也是万般愁苦。世上荣华，纸上功名，皆是云烟，得之何益？失之何惧？

我是时而清醒，时而糊涂，时而通透，时而又执迷。所有烦恼，几多困苦，起因皆是我执，唯有放下，方可觉悟，得以自在。读书之人，成名多在清苦之时，之后守着富贵，患得患失，比之从前更是不易。

明知世事如梦，一生辛苦经营，所有积累，都要还给天地。就连眼前的景，乃至数百年的高楼庭院，皆将随水成尘，不留痕迹。但每个人，都将过程，看得那般贵重，所有的细节，皆要端正认真地过完。

虽说不求闻达于世，内心却志气不减，未得意时，亦有慷慨悲歌。但若一世不遇良主，宁可深山孤隐，茅舍一间，梅花数株，霜菊几畦。落寞时，与鸟兽交言，愉悦时，和山花对视。

世人知姜太公垂钓于渭水之滨，遇见西伯侯姬昌，辅佐其建立霸业。后又辅佐周武王消灭商纣王，建立周朝，得后世万古推崇。

知诸葛亮隐居隆中，刘备三顾茅庐，方将之请出，联合东吴孙权于赤壁之战大败曹军。后刘备在成都建立蜀汉政权，诸葛亮被任命为丞相，主持朝政，受后人景仰。

世间有许多诸如姜太公、诸葛亮这样的人物，知天文地理，熟军事谋略，有治国安邦之才。但一生与功名擦肩，做个山水闲人，得不到繁华，却守得了清苦。梅花性情，翠竹品质，于山林修行，远胜于居红尘闹市。

世事山河，或有丰盈圆满，或有残缺不全。我们在此间行走，所历的，亦只是过程。更况，每个人所钟情之物不同，故而心性亦不同。有人愿为荣华奔走，纵一生碌碌，不得清宁，也无怨悔。而我却只想做个散淡的闲人，小富即安，有茶则好。

昨夜醉酒，恰似大病一场，过往执着的心，又变得柔软。可见，生活中一次次妥协，放下，都是因情境而转变。因为年岁增长，我于人于物，合适便好，不敢有太多的挑拣。过去之事，能忘则忘，亦不想记得。

但凡还有许多念想，此一生，若不得成全，也是无妨。澄心静坐，焚香煮茶，一日可抵百年。素食野菜，清闲少欲，人生安逸多于愁苦。世上风光无际，我只要山庄独隐，临湖山万顷，观碧浪清波，非仙更胜仙。

春赏梅花烟雨，夏游太湖山水，秋看漫山红叶，冬则围炉煮雪。如此，纵急景凋年，心中也觉庆幸，不入凡尘太深，能免百难千劫。世间的好与坏，悲和喜，原该有个限度。但林泉之趣，山野之风，一直不受世拘，只要你足够从容，便可一生无忧。

那日，去往灵山小镇，虽是佛教圣地，禅意萦绕，但值清秋，云淡风轻，游人如织，喧声鼎沸，何以修行。行走时，唯盼叩开柴门一间，讨得清茶一盏，犹如避世。待归来，不知今夕何年，那条必经的石板小巷，是否仍在？

经过世乱，更是向往山林的幽静深邃。那里断绝行人，白日采杜若兰芷，寂夜听山风松涛。拾得松针梅枝，便可点火焚香煮茗，借来几分月色，亦可拨弦抚琴。简净的世界里，不必猜测人生有多少事是真，又有多少是假。

甚至，坐拥山水，不怕老去。桌案上，无非是院内栽种的时蔬，偶有太湖鱼虾，只作珍馐美馔。篱笆坏了，取细竹藤蔓修补；荒草滋长，待日光晴好时拔除。忙碌的日子，亦是对生活的一种敬畏。

偶尔来一趟人世红尘，看太湖水畔，小舟上渔夫村妇辛勤劳作，平静且欢喜。路过矮矮的屋檐，见民间夫妻对坐，一人斟饮，一人相陪，也觉无限情意。他们虽置身纷繁，亦是各自守着庭院小户，不理外界的闲事。此般小隐胜却大隐，却是我辈所不能及。

想当年，苏东坡几度遭贬，得贤妻王闰之和爱妾王朝云甘苦相随。虽处忧患，几多落魄，终不失闲情雅趣。开垦荒田，种地栽树，炉上温着酒，锅里炖着肉，妻妾和睦，儿女平安。借来几间茅屋，打理敞亮，清贫中仍不忘行文写诗，其疏旷豁达，不减从前。

幼时居山村，门庭寂静，也是这般风景，亦有此番境界。家家户户的日子，大抵相同，无有多少贫富之差。伐一山柴薪，饮井水清泉，檐头共一轮月色，门前赏一窗风雪。种稻采茶，饲养牲畜，岁岁年年重复着一种简单。

朴素民间，远离战乱，没有英雄圣贤，也无是非成败，所求不多，只为安居乐业。纵是改朝换代，似乎也是无碍的。往来间，不过是柳絮飞过庭前，鸟雀停在瓦屋，谁家夫妻相敬如宾，谁家孩童天真烂漫。也有风光热闹时，也遇灾劫苦难，但日子无异，后来都那样过去了。

山村的隐，有一种温馨，像梁间的燕子，安定无争。若非时局变动，我断然不会飞出来，也不会有后来数十年的天涯怅惘。一人羁旅漂泊，一人灯下书写，一人楼台远眺，所思慕的，仍是旧时瓦屋那一缕明净的阳光，是厨下母亲烹煮的菜肴，庭前那一树花开。

清闲可消千百愁怨，温柔能抵岁月漫长。想来，我当下的恬静安逸，早已抵消了过往的一切，故而再无委屈，更无怨悔。

待到有一天，推窗望去，青山逶迤，烟水茫茫。而那漫山遍野的梅，若我此生无有穷尽的情思、心意，以及对人世美好温柔的念想。

围炉夜话

卷二

人生怎可安闲

俭可养廉，静能生悟

俭可养廉，觉茅舍竹篱，自饶清趣；静能生悟，即鸟啼花落，都是化机。一生快活皆庸福，万种艰辛出伟人。

出门方知秋山无尽藏，闲居的日子，虽是静好，却亦有缺失。一生爱好是天然，唯有寄身林泉，方不会与四季之景轻易擦肩。其实，人生美丽的错过，无非是你来得太早，我来得太迟。或是我刚好到来，你恰好走了。

想着不久的一天，梅庄迁至灵山脚下，太湖水畔，只觉离红尘越发地远了。山居岁月，怕是漫长清静，也冷落孤单。年岁大了，反而喜欢热闹，不像往年，愿离群索居，不与人交言。"山静似太古，日长如小年。"以往我是向往远离尘嚣的寂静山林，今夕或已更改？

旧时文人，掩紧门庭，不闻世味。独自于茅舍竹篱，读卷作诗，赏花听雨，参禅悟道。读书人不喜华贵，日常所需俭约，一茶一饭足矣。有人心性淡泊，只在山水间、诗文里寻找解脱。有人不忘功名，心中所系的，是繁华盛世，江山万里。

俭可养廉，静能生悟，万般风景与情境，皆由心起。心若简朴素净，则万物不修雕饰，鸟啼花落，飞沙走石，都有天地造化之生机。做一个平凡的人，享受庸常的福分，一生快活无忧，贫富皆安。胜过了做一个伟人，虽举世瞩目，却要历尽千般磨难，万种艰辛。

我做不了伟人，也不要经受磨砺，只愿做个平庸的女子，安享人间烟火的温暖与幸福。也不愿舞文弄墨，假装风雅，整日浸润于古卷茶烟中，虽有意趣，又到底乏味。人的一生，应该时而浓烈，时而清淡；时而蛮横，时而温柔。

近日来，身体总有不适，年轻时积攒的许多梦想，被光阴消磨，不见往日热情。以前，我以为此一生守着诗酒琴茶，不会有丝毫改变。今时竟发觉，人生没有什么不可更换，喜欢的颜色可以变，喜爱的食物亦会变，诗心词境会变，坚贞的情感亦会转移。

我是个洁净之人，所用物品，所穿衣裙，乃至屋舍庭台，书案茶榻，不可染一丝尘埃。病时更不可马虎，品茶器具也简约，连带身边的花木，亦要清澈。以往用来装点日子的旧物，那时对之情深，只觉万般的好，今时却令我心生厌烦。

我要以后的岁月，都是明净，无有牵绊。我要眼前空旷无物，看上去只有光影，皆是留白。屋里的木雕，墙上的字画，案几的瓶花，乃至一切所需用具，都当极简。人生一路行走，最不该畏惧的，应是失去。

我也不要铭心的情感，如此多生纷扰与挂碍。世事如浮云，变幻莫测，人心亦随着情境，不断更改。与其耗费心力，去迎合适应别人，莫如珍爱熟悉的自己。光阴流逝不可重来，过往丢失的一切，名利钱财，乃至情意，皆不可惜，唯年华贵重。

往后余生，或有风雪，或有磨砺，亦当倾尽所有，认真度日。把生活，当作以后的事业，比写字抚琴更为重要，比看山看水还要喜乐。但我内心深处，会执着地坚守这份美好，不因物改。人生可忧心事太多，又或者说，可寄托之事太少。消去杂念，省略纷繁，于清简处养心，自可百毒不侵。

闲下来，宁可书生尘，也不再伤神捧读。趁阳光晴好时，做一些美食，慰劳自己。幼时见外婆忙碌于厅堂厨下，炊烟袅袅，心中甚觉绵密温柔。后来是母亲，在堂前廊下穿梭，梳光洁的辫子，像一缕明净的清风，美得令人心生羡慕。

阳光疏疏洒落，透过天井，穿过窗花，门槛上、墙壁上、竹篙上挂满了她制作的干菜腊味。母亲做这些事，我都跟随在她身边，寸步不离。多少记忆随风尘消散，那些美好的片段、温暖的情意，却此生不忘。

母亲洗米，我择菜；母亲揉面，我烧火；母亲切豆腐，我去小店买盐。母亲腌肉晒鱼，蒸米酿酒，那些细致繁复的过程，我都记得，后来都不必询问。幼时母亲给我制斜襟盘扣小衫，打扮成戏文里的小女孩，也是可爱。今时，我仍旧喜欢，细细学来，案上裁布，缝纫机前缝制，也十分美好。

小雪后，我自制了几罐腐乳，冬藏可食。洁白的豆腐，切成小块，晾干了水分，放置一处发酵，十日有余。再取辣椒、胡椒、细盐搅拌，将发酵好的小豆腐块包裹均匀，叠入罐中，用白酒封口。静置阴凉处，存放几日，便可食用，妙不可言。

《浮生六记》里的芸娘，兰心蕙质，似乎无所不能。她与沈复琴瑟在御，伉俪情深，婚后过着柴米油盐的平淡生活，却亦有插花焚香，煮茶读书之乐事。他们日子清寒，清趣不减，可谓世间令人称羡的一对神仙眷侣。

芸娘喜食腐乳和酱瓜，此二物皆是腌制食品，沈复闻不得其气味。后来，不知是被腐乳鲜咸香辣之味所吸引，还是被芸娘的柔情暖意所打败，他们的餐桌，竟离不开这道美食。世间美好的爱情，大概就是愿为所爱之人，尝试着改变自己。

而今，我所做之事，只为取悦自己。也曾年轻过，有过不输给岁月的情感，有两三个知心，渐渐地，也远了，散了。只有这一缕人间烟火，那时不以为意，却始终没有离弃，且对之爱惜不尽。

锦衣玉食，时间久了，会觉得是一种虚设，不够真实。粗茶淡饭，摆放在寻常百姓的桌案，千秋万载，食之有味。古人寻求廉俭，甘于淡泊，也是看惯了聚散荣辱，知盛衰兴亡。放下执念，愿一生快活，纵情山水，安享凡庸者的福分。

人的一生，不可太过顺达，否则心志难坚，容易挫败。亦不可太过坎坷，易入迷途，找不回自己。我觉得，当下的状态，该是好的。闲散之人，无功名于身，无富贵相缠，无情感可托。想要的，也都有了，得不到的，何以相求？

世间之人，切不可为了营营功利，而舍弃闲淡光阴，碌碌终生。

这风雨之日，掩门煮茶，自有一种地老天荒。居太湖水畔，或是江南旧巷，与谁相亲，与谁相离，似乎也不那么重要。

前世的回眸，换取今生的相识。凡尘里的一切，我皆是要珍惜的。愿为生活，温柔妥协，愿为自己，善待光阴。

山水文章，
富贵烟云

文章是山水化境，富贵乃烟云幻形。

本想着，趁着烟雨之日，酝酿一场迷蒙绵密的情境。偏生这阳光不解风情，无端闯入，将心事更换。世间风物变幻莫测，阴晴难料，更况是人生？

光阴流转，虽说仓急，却也安然有序。南国山水温柔清丽，比之北国的冬天要来得晚些。窗外，也有翠竹霜菊，也有落叶成堆。每年冬天，唯一值得欣慰的，则是等候一场雪落，等待满山梅开。

古人说："文章是山水化境，富贵乃烟云幻形。"自古文人皆离不开山水草木，他们可以不要功名，不要富贵，却不能抛开山川日月。文字最高之境，则是自然，若水流花开，韵味天成。

屈原爱国，更爱香草。他写："朝饮木兰之坠露兮，夕餐秋菊之落英。"陶潜爱仕途，更爱东篱的菊花。他最后一次出仕彭泽县令，仅八十余天便弃职而去，归隐田园。竹林七贤聚集幽篁阵里，可以不问朝政。魏晋因为他们而风流，而知山林清趣。

唐人爱繁华盛世，也爱牡丹。更有周敦颐爱莲，只道"出淤泥而不染，濯清涟而不妖"。宋人爱风雅，也爱暗香浮动的梅花。林和靖隐居孤山，梅为妻，鹤为子。常驾小舟遍游西湖山寺，与高僧诗友相往还。元代马致远有句："但得孤山寻梅处，苫间草厦，有林和靖是邻家。"

一生宦海沉浮的东坡居士，离不开他的功名，亦舍不下几竿修竹。他辗转尘海，尝尽飘零之苦，仍清旷豪迈，不惧风霜。也曾名动京师，也曾谪贬江海。他有"长恨此身非我有，何时忘却营营"的惆怅，也有"小舟从此逝，江海寄余生"的放达。

千古江山，朝代更迭，人事纷纷，唯清风明月不欺，高山流水不改。纵得一时盛名，百年富贵，也不过是若烟云般虚幻缥缈。自古多少官宦人家，名门望族，最后皆随尘烟散去，寂寥无痕。因为与生俱来的华贵，故他们将贫富看得太重，人世万千风光，是锦上添花。

孟子云："穷则独善其身，达则兼济天下。"我没有兼济天下之抱负，唯求独善其身，保持清洁，谦逊端然，不添世乱。女子无须像男儿一般，忧心天下山河，修得广厦千万间，大庇天下寒士俱欢颜。只管守在深闺，候一扇小窗，等一段机缘。

有时想着，身为女子，让自己千娇百媚多好。被所爱之人，静养在一座庭院，抚琴作画，也饮淡酒，也煮闲茶，也制衣绣花。日常生活所需，一概不必过问，尘世几多风雨，且由他人抵挡。若供养于幽室的兰，纤纤姿态，温柔美好。日子清闲而过，无事可忧。

又或是做一名平凡的村女，也有耕夫相衬。白日忙碌于堂前厨下，夜晚亦有诗中女子的柔情婉约。一辈子操心柴米油盐，历岁月风尘，仍难掩其美。她们的日子，世故且深稳，除了生死，再无打紧之事。

女子的一生，当是贞静的，可以不要浪漫，但不能没有安定。我虽家世清寒，却自幼于乡间长大，认识山林的草木，熟悉庭院的烟火。也曾数载飘零，不为功名富贵，只想择一事，终一生；有一栖身之所，每日打扫干净，可以看山水，养花草，岁闲人静。

其实，令我引为得意之事，便是此生可以读书写字，清净喝茶。文章里有山水之境，日月庄严，草木知心，变幻多端，但得意趣。世上的好景好物，任由我们支使，仅需一支素笔，便可写下岁月迢迢，万水千山。

文字虽也是虚幻之物，但能解脱心灵，开释烦闷，且不被时间淹没。富贵虽好，可令你丰衣足食，却只是绚烂一时，难以久长。就连千古情爱，让人铭记感动的，亦是不多。几多恩爱缠绵，最后逃不过一生一死，甚至提前离散的结局。

文人喜雨，是因为窗外风雨漫天，越觉屋内时光静谧，无人可惊。文人的心，多是柔弱善感，然亦是坚韧执着。若非知己，天下无几人懂得他们内心的细腻婉转。寂寞时，唯有文字可诉衷肠，山水知晓心意。

文人虽比世俗人，更为淡泊通透，但仍是欲求不减。贫时或只求茅舍一间，诗书几卷，清茶一盏。贵时却想要亭台水榭，玉粒金莼，鲜花着锦。文人清高且骄傲，十年寒窗无人问，所为的是一举成名天下知。

只怕有了名利，看山水的眼界和心胸都不同了。一如当初寂寂无闻的我，身无长物，囊中羞涩，落魄闾巷。那些无须官家赐予的山水，闲暇时去游赏，若要银钱购买的风景，则在外面徘徊。

山穷水尽过后，便是柳暗花明。这个不算漫长亦不短暂的过程，只有亲历者深知其间的酸楚。我是走过红尘的人，经受过清苦，也见过富贵，领教过冷漠，也得到过光彩。然这一切，于我都是水上萍，枝上花，天边月，不过荣枯而已。

我原是不在意这些的，因为没有，才总想着去得到。其实，隐在深山无人知多好。这样，尘俗之事千千万万，再无一件与我相关，也不要选择，亦不会有惆怅。若人生可以交换，我该是用富贵换取山水，用浮名换取年华，用当下拥有的一切，去换取未来的绵长悠远。

多少人情世故，我假装不懂，其实心明如镜。因为清醒，而时觉悲哀。如胡兰成这样说张爱玲："看她的文章，只觉得她什么都晓得，其实她却世事经历得很少，但是这个时代的一切自会来与她交涉。"

我亦晓得，只是难以言说。张爱玲是民国世界的传奇女子，她的文字，亦是传奇。她的文字，有爱恨，有烟火，有人世的温情，更有酷冷。而我的字句里，更多的是山水天然，是平淡流年，是毫无保留的过往，是漫无边际的将来。

以往写文，多是喜忧随心，后来慢慢地，知道从容经世，笑颜待人。你所经受的苦难，无人有责任替你去承担。你有委屈，也不可生气，只因一切都是自己的事。文字里，留一颗纯净向善之心，便是对读者最深情的回报。

　　至于人间功贵，是否如烟云，各有各的缘法，不过长短而已。紫气红尘，富贵荣华谁不爱，但不是谁都爱得起。倒不如，放下一些执念，守着几帘山水，几卷诗书，富又何妨，贫又何妨。

　　正如元人词曲之句："兴亡千古繁华梦，诗眼倦天涯。孔林乔木，吴宫蔓草，楚庙寒鸦。数间茅舍，藏书万卷，投老村家。山中何事？松花酿酒，春水煎茶。"

　　山中何事？松花酿酒，春水煎茶。

天地无穷，
学问无定

天地无穷期，生命则有穷期，去一日便少一日；
富贵有定数，学问则无定数，求一分便得一分。

今日立冬，日丽风和，无寒意相侵。江南四时风物宜人，不论何季，皆有其婉约韵致。纵草木凋零，蛰虫休眠，万物落尽铅华，也是寂静有情。

旧年的冬天，我亦在这座城，临太湖烟水，煮茶写字，辛勤耕耘。今年景物依旧，人事相同，似乎没有什么改变。只是好年华，又过去了一载，人生尚有许多事，需要去做。园内的霜菊，还在傲放，赏梅的时节，亦不遥远。

"冬，终也，万物收藏也。"所谓秋收冬藏，这个季节，无须忙碌，适宜静养。"四面修堤防旱涝，万家晒物作冬藏。"于农人而言，忙碌了一年的农事，得以搁歇，可安享冬阳的静好。收割后的稻田任意荒芜，只需几畦菜蔬，足以喂养这个冬天。

"门尽冷霜能醒骨，窗临残照好读书。拟约三九吟梅雪，还借自家小火炉。"于文人而言，霜雪之夜，却是读书的好境界。炉火不尽，茶酒时时温，读几卷书，写几首闲诗，偶尔看看窗外雪花漫天，玉树琼枝。

"天地无穷期，生命则有穷期，去一日便少一日；富贵有定数，学问则无定数，求一分便得一分。"年轻时，觉光阴取之不尽，无论做何事，都不匆急。而今，不敢轻易支取光阴，去一日，则少一日。

虽说冬藏宜休，放下一切琐碎，感受万物静止之美。我却不舍浪费一寸光阴，甚至没有多余的闲情，用以忧心感伤。每日，将自己打理齐整，剪枝插花、焚香礼佛、煮茶写书，哪一件事不消耗时间。

我写书，是对万物有情，虽与万千读者不识，却有幸可以文字相知。把人世之礼，简淡心事，以及所见的风景，所读的经典，尽付于诗文。一生遇人无数，但求换取一个知心。而尘世间，有那么多的知音，虽未谋面，却足以令我知足感恩。

富贵云烟，于我何益？纸上功名，要之何用？自古女子无才便是德，我亦不要多少学问，闲弄诗笔，懒写辞章，打发心情，解脱悲欢则好。写点小文，挣点碎银，养活自己，不依附于谁，也不落魄江湖。

人在世间，各尽其职，安分守己，便能过好这一生。女子做事，不必太多魄力，只要件件细致稳妥。天下江山，本该有男子打理，盛衰福祸，自有天意。女子则要贤惠婉顺，守着家园，在窗下穿针引线，于厨下煮饭烧茶，胜过红尘风光万千。

犹记那时外公读书喝酒，外婆坐于一旁刺绣，天地无穷，不与时光相争。他们的一生，出入经过，往来穿行，也只是这个小小村庄，故亦不必伤远。

立冬后，农事停歇，谷仓里备满了粮食。男子修葺好篱院，砍伐一冬所需的柴薪。女子则腌制腊味，晾晒干菜，织衣制鞋，可安逸过冬。

白日冬阳和暖，庭院草木稀疏，却有一种静意。夜里围炉闲话家常，许多家训格言、立志处世之理，都在不经意之时道出。

父母虽无高才，学识薄浅，却教我勤苦节俭、明辨是非。纵处乡村，也要懂教养、知礼数，坐卧、行走、饮食无不严格。待人良善谦卑，谨言慎行，贫不忧，富不骄，要有追求功名之心，也要甘于淡泊。

今日所有成就，乃至这一路的修行，皆与幼时所训相关。而父母的教诲，我亦将铭记一生，不敢违背。过往的时光，以及山村居住的老宅旧院，都随了流水，成了灰烬。我始终保持着一种端然姿态，不因情境，而轻易转变。

我大意起来，千金散尽，毫不犹豫。细致起来，一饭一衣，也是珍惜。富贵清贫，安逸忧患，我都有过，故而对生活没有太多挑拣。以往也是有讲究，喝茶、穿衣，虽不要最好的，却要有仪式，清洁无尘。

生命不断转弯，经历多了，便不再那么认真执着，放下烦恼，内心随即豁达。慢慢地，我似大雪中的梅枝，冷艳冰洁，百折不挠，风雪过后，一切平淡。人世万水千山，太多的无常与变数，还是要细细地走下去。

内心深处，期盼的仍是，朴素日子里的细腻和深稳。好的光阴，都在民间，在每一个平凡的院落里。就连墙角的草木，也因开谢有主，而无意荣枯。人生若萍，怎可飘忽无主，无论游至何方，至少有那么一处瓦檐，真切属于自己，可蔽风雨，能抵风尘。

日子因为稳妥，才真实可依。记得外婆的银钱皆藏在木箱里，平日的零花，都用小手帕细心包裹着。她每次带我去街市买东西，都取出手帕，层层解开。钱上还有她的温度，让我感知这人世的贵重。

后来，我每年回去，给外婆零用钱。她皆不舍花费，积攒起来，直至病时，将之托付母亲归还于我。她的俭朴，让人疼惜，她的情义，令人敬佩。在这偌大的人世间，外婆是那般渺小，但她对我的恩情无限，我竟无处偿还她的好。

人世有多少喜，便有多少忧。外婆的日子，早已走到尽头，然今生缘尽，也无遗憾。她走时静静的，我不在身边，却也是知道她的心思。她唯一挂牵的，是我这样一个孤身之人。于她心中，女子的一生，婚姻是第一大事，如此，才算是花开有主。

我辜负了她和母亲的心意。人生这样明亮可信，我竟总是意气用事，荒唐糊涂。年轻时的等候，以及错过，光阴就这样给耽误蹉跎了。一切所失，必有所得。当下我拥有的洁净，亦是多少寻常烟火，所换取不来的。虽非我所愿，但我依旧要过好这一生，让自己不落凄凉，不留更多的缺憾。

外婆曾说，去了那个世界会护佑我的。她说的话，我都是信的，故后来我不论遭受怎样的忧患与伤害，都可以独自走过来。眼前的日子，也是称心如意。外婆还说过，我是吉人，吉人应该是安稳的，不会有大的灾难。

过往多少片段，我也是忽而记起，忽而又遗忘。恰趁了这立冬之日，慢慢梳理，一些删去，一些冬藏。他们对我的万语千言，多少叮咛嘱咐，也只是一句珍重。

而今我这年岁，已是风华不再，纵算还有些姿容，有些韵致，亦该省俭着用。我不要功名富贵，也不要风花雪月，不管历史沧桑，也不惧将来岁月。只做个寻常的妇人，在这江南小院，安居下来。依照简单的模式，与世人一般，过平淡的日子。

人生一世，不可安闲

人生不可安闲，有恒业，才足收放心；
日用必须简省，杜奢端，即以昭俭德。

虽是冬日，然窗外阳光潋滟，庭园草木仍是青翠。南国的冬天，并不十分清冷。若非霜菊绽放，银杏铺地，竟不知秋意深浓。

诗文里的"碧云天，黄花地，西风紧，北燕南归。晓来谁染霜林醉，总是离人泪"似乎与我此时情境，毫不相关。我的世界，无新知，也无离愁。但凡与我相识之人，皆成过往，与我未曾谋面的，亦不会有开始。

竹榻上喝茶读书，一炉香很快燃尽，明净的时光，也是仓促。我愿做个无所为的人，散淡悠闲，唯独想与之亲近的，亦只是这盏茶汤了。红尘喧烦，我着实不喜，却又离不开，舍不下。倦累时，便在琴曲中，寻些清净，于诗文里，找些意趣。

但人生不可过闲，若无恒业，无稳妥的收成，何以心安？日用也当俭省，不断奢华之念，修行路上，怎能清澈平和？虽是如此，守贫容易，守富却很难。我并非是讲究之人，过繁心生浮躁，太简又觉清冷。

当下来之不易的一切，我既珍惜，又不肯将之闲置。有些许名利，不算深厚，稍稍挥霍，便可消失殆尽。可我偏不是计较之人，待人对事，总没有私心。对别人，慷慨大度，对自己，时常不留余地。可一旦遇事落难，却是独自忍耐，人前一字不提。

以往清贫，当时不觉辛苦，只觉人生皆是如此，我不过万千中的一人。些许的好，都很是满足，衣食温饱，已然称心。对荣华，从未有过奢求，于陌路之人，更不敢有何寄望。一路行来，漫长浩荡的日子，是自己缓缓走过，无依无托。

人生如此薄弱，我心思依旧阔达。但凡我有的好，总想着倾心待人，独乐乐不如众乐乐。可过后，是无尽的萧索与寒凉，因为转山转水的美好遇见，都是草草了结。此生，不与人结缘，便算是避过一劫。凡尘里的平稳和安乐，才是我今生所求。

这些年，心里一直有弥补不了的缺口，又道不出是什么。郁结着，时而过去，时而又回转，解开了，又系上。世间种种，起因皆是自己，不关他人。你洒脱清扬，自会有人相伴，你行走在荒野，竟是无一人追随。

唐人有诗："苦恨年年压金线，为他人作嫁衣裳。"人生本就荒唐糊涂，认真的那个人已经提前输了。所有的奔忙，为的是在这世间，有一席之所，可以安稳地休憩，光亮地活着。但最终得到的一切，成了别人的嫁衣，尽付流水。

世事维艰，人心难测，无论身处何境，你总是要妥协，不可任意自由。帝王亦有其苦，更况寻常百姓。若不勤政爱民，江山何以永固？若不俭朴持家，恒业何以安闲？

心宽之人，自不计较浮名虚利，也不问阴晴冷暖。月有盈亏，花有开谢，人生聚散有定，贫富也有定，纵是全力以赴，也难轻易改写结局。古往今来，多少富贵人家，名门望族，被历史的风烟冲淡，到今时，湮没无痕。

元时吴昌龄《东坡梦》："你那里挨挨挤挤，闪闪藏藏，无影无踪。"我深知，当前的风景，也是若隐若现，现世的稳妥，亦是如梦如幻。故而，对自己始终不敢松懈，喝着闲茶，亦要思索人生。

祖上也曾有丰厚家业，几经朝代更迭，人事变迁，皆已败落。那时先人，守着恒业，富足安乐，又怎能预见百年之后的光景。莫说百年，人世风云变幻，一朝一夕，都难以预测。

父亲曾说，祖父是个生意人，于街镇的闹区，开了一间很大的南北货铺子。祖父是个豁达之人，素日喜交朋结友，时常聚集家中庭院饮酒为乐。若非时局动荡，家中亦不会生那场大火，父亲更不会成了大户人家的败落子弟，流落江湖。

叵测人世，没落之家，不剩一砖一瓦。父亲孤身一人去了药店学徒，背着他的药箱，行走乡村。母亲说，成亲之时，他们寄居于外婆所赐予的一间瓦屋，一切日常用品皆是外婆添置。

后来，父母辛勤持家，用日月积攒的银钱，修筑了自己的房舍。父亲亦从一位乡村郎中，成了小镇颇有名气的医生。有了产业，开了药铺，惠誉更多的乡邻。他一生行医，悬壶济世，愿重建殷实家园，免去流离之苦。

幼时的记忆虽浅淡，有些片段却深刻难忘。父亲素日穿着朴素，俨然一个种田人。除了做农活、看医书、下乡问诊，他无别的乐趣。

每逢年节，父亲便会着一袭浅灰的中山装，整齐洁净。亦只有这时，他才能停下所有的忙碌，安静坐于厅堂，独酌几盏佳酿。

都说经历了变故的人，脸上会多几分沧桑。可父亲天性淳厚，幼时家中富贵之景，于他亦是模糊。故他不知当年的荣华，习惯了清苦俭约，心中也不觉得有悲哀。他虽无山河的精神气度，却永远那样平和，他的世界，就连是非成败也都没有。

无论日子多清寒，父母都不敢借外债，他们总是小心谨慎，也不爱管闲事。父亲的勤勉，母亲的慷慨，让原本贫瘠之家，渐渐丰满。他们良善无欺，所挣取的银钱，终究微薄。父亲若不生那场大病，他所开的药铺，亦该算是恒业。

幸而有贤淑聪慧的母亲，家中每遭艰难，都是她支撑一片天空。她一生辛劳，操持家务，相夫教子，把日子过得深情而安稳。后来，我亦深受其感染，对人世没有半点浮夸，温顺端正，唯愿岁月悠远无惊。

虽有些许小聪明，漂泊久了，甚至带有江湖气，但一切都是性情使然。素日里，我好似万事无关，然做起事来，却是全心全意。就像幼时，于厨下生火，去山中拔笋，或田间采摘野菜，好不认真。

后来，掩门写字，独坐书斋，外界风云与我毫无瓜葛。但落笔行文，又不喜严谨，散乱中，为求内心的解脱，更是寻找一种境界。写字著书，不算是恒业，却足以贴补日子。况人间多少妙意，皆在诗文，还有什么比这更美好之事。

停下来的时候，又不肯独享安闲，甚至做起了小本生意。制茶卖茶，裁布做衣，看似微妙之事，却有无尽乐趣。而所挣的微利，心中只觉都是情意，有人世的分量。如此，心中平稳，也可以无惧风雨，应对凋年。

志气高远，来日可期

志不可不高，志不高，则同流合污，无足有为矣；
心不可太大，心太大，则舍近图远，难期有成矣。

近几日，心思徜徉，总有一种莫名的倦意。想抛开书卷，搁下笔墨，懒散那么一回。宁可整日忙碌于琐事，洒扫庭除、修枝剪叶、择菜煮饭，或是喝茶听戏，也不要耗费心神，斟酌字句。

诗人海子说："从明天起，做一个幸福的人。喂马，劈柴，周游世界。从明天起，关心粮食和蔬菜。我有一所房子，面朝大海，春暖花开。"

可就是这样一个决心热爱生活的人，竟不珍惜生命，选择死亡。说好了给每一条河流，每一座山峦取一个温暖的名字，说好了为每个陌生人祝福，说好了要在尘世获得幸福。然他却糊涂得不要自己，不要春暖花开。

我不喜大海，太过辽阔无边，不够静谧安宁。我喜湖山，清旷温婉，让人为之一往情深。江南有许多古典园林，如今皆属官家。而许多古典宅院，亦依照园林的格式修筑，亭台楼阁，水榭回廊，俨然梦回明清。

古人云："志不可不高，志不高，则同流合污，无足有为矣；心不可太大，心太大，则舍近图远，难期有成矣。"我是个没有多少志向之人，又不肯轻易随波，碌碌无为。心有时很宽，念想太多，期许太多。有时很窄，活在当下，随遇而安。

古人放下仕途，回归田园，便可拥山而居。虽亦要银钱购置田地，终能如愿以偿。当年王弗死，苏东坡在故里为她栽种松树，用以寄托哀思。陶渊明修篱种菊，悠然南山，用以滋养情怀。林和靖隐居西湖，孤山植梅，一生与湖山做伴，世事悠然。

他们也有鸿鹄之志，后来妥协了山水，听命于草木。他们的心，也曾高远无遮，几番踌躇怅然，才缓缓放下。而我也是可以不要名利，但那梅花落满南山之心愿，则是一生不改。

每次游园，皆如同置身梦中。恍惚觉得，我前世便是某个庭院的主人，否则如何会有重逢之亲切喜悦。但此生，只能若明月一般徘徊，找寻一段记忆，试图留住刹那美好。一扇幽窗，一树芭蕉，乃至墙角的青苔，都令我爱之不尽。

梦里的梅庄，该是在江南，临着山水，黛瓦青墙，飞檐翘角。庭园里，四季花开不谢，草木荣枯有序。而那漫山的梅，也是开了又落，落了又开，毫无倦意。雅室里，诗书万卷，茶香漫溢。茅舍一间，可寄来客，可留归人。

我便是梅庄的主人，落落风采，清扬婉兮。远了红尘世海，无惧山河纷纭，岁月飘忽。一生栖息于此，像燕子一样，寻了旧巢。没有志向，无有作为，不与红尘相亲，却也不避世。

其实，当下我所居之处，已是清净之地。梅兰竹菊、琴茶诗酒，样样不缺。不华丽，却安逸，不宽敞，但足以栖身。但终非旧式庭园的天然韵味，亦非那等古雅之境。多少过往，我皆可丢弃，几多浮沉，我亦全然忘记。然江南深院，诗意山居，仍是我此生的向往。如此，算不算心太大，又算不算舍近图远？

为此，我则打算典当旧物，积攒银钱，在山水灵逸之处，修筑山庄。种梅植茶，读书写字，也简衣素食，也安分守闲，日子深长绵密，再不惊动岁月。我知万事皆有机缘，是我的，或不是我的，早有定数。奈何执念于心，困于其间，难以释然。

陶潜有诗："结庐在人境，而无车马喧。问君何能尔？心远地自偏。"他又何尝不是放下仕途，归隐田园，和菊花知心，与山僧说禅。"倚南窗以寄傲，审容膝之易安。"偏生这偌大的人间，只有这一片狭小之地，可寄他傲世之情，亦能使之心安。

多少心性淡泊之高士，以读书为乐，仍对草木情深。王羲之爱兰，陶渊明爱菊，周敦颐爱莲，林和靖爱梅，他们倾尽所有，也只为与所爱的花木，朝暮相对，不离不舍。草木性本天然，却因有了栖身之处，而开谢有主。

幼时，我去山中拔笋，去邻村剥莲，都十分用心。那时尚小，心无大志，只愿挣取一点碎钱，买自己喜好之物。母亲并不赞同我做这些事，我却不依。随着那些比我年岁大的人，往来山间，登高望远，心里有无限遐思，也不知是什么。

喜家中有客至，或是行走江湖的戏子，或是走街串巷的卖药先生，或是称骨相面的术士。母亲良善，对他们皆是茶饭相待，慷慨有礼。八仙桌上，农家菜肴，几杯薄酒，宾主相坐一处，温馨美好。

我亦坐在一旁，听他们说外界的风云世事，说江湖的险恶叵测，也说他们的飘零之苦。而我的向往多于恐惧，恨不能抛开一切，过一条河，翻一座山，自此远走天涯。

那时的父母，多少惆怅，几多艰辛，只为有一座属于自己的屋舍，一家人得以安身立命。幼年虽知所居的旧式宅子是租借他人，却不懂父母内心的苦楚。山村民心大多淳朴，然外姓人，终遭排挤。且父亲是个骄傲的人，有志气，寄人檐下是何等委屈。

后来，父母在镇上购置了一套楼房，比以往的老宅，华丽气派。天地间，总算有属于他们的容身之处，房契上写着他们的名字，醒目真实。一如多年以后，我在江南漂泊数载，拥有了自己的房舍，那种喜悦，切切于心。

可这么多年，我不忘的却是幼时所居的山村旧宅，是那扇可以看见天井的雕花小窗。我们是那里的过客，却视之为故园，是因为，心一直不曾走远。无论后来迁徙去了何处，有多宽敞的屋舍，内心总有一种缺失，不可弥补。

当年匆匆一别，已有三十载，不知那里的旧物是否还在？春日的桑叶是否成荫？夏日的莲叶可曾亭亭？逶迤的秋山，再不见当年的樵夫。落雪的冬夜，等不到从前的归人。自知人生不可重来，对以往的一景一物，才更加怀念。

　　若那时不曾志高，或许留在山村，像《诗经》里的男女一般，耕种纺织，与之偕老，琴瑟在御，莫不静好。若此时心不太大，亦可守着江南小院，看简净天下，无遮无拦。

诚心待人，历久自明

以诚心待人，人或不谅，而历久自明，不必急于求白也。

江南的冬天，不似北国，仿佛一夜而至，天地换颜。江南的秋，不够浓郁，空气中却有秋味。桂花香气满城，之后便是园林里各式各样的菊花，赏心悦目。再后来，银杏满地，草木凋零，或有细雨霏霏，或晴光湛湛，却也是风声不止，霜露迷离。

以往不喜阳光，入冬后，被风露所欺，每日静坐于暖阳下，喝茶听戏，万事无关。年岁大了，觉冬阳可贵，光阴如金。宁可这样禅坐，一事无成，也不要耗费精力，去做一些碌碌无为之事。人生已然够苦，何必再给自己徒添烦恼，简单快乐多好。

世事迷幻，可进可退，人情薄冷，且深且浅。许多时候，我不喜与生人往来，只因我活得太认真。但凡世间的人，与我相识一场，我都觉得是好的。在我心里，虽知有善恶美丑，有真诚虚伪，但始信，我纯粹清白，良善美好，那些无理之人，邪恶之事，皆不沾于身。

都说路遥知马力，日久见人心。一个人只需诚心待人，纵有被人不理解、不尽意处，亦不必急于表白心迹。时光是一面镜子，可以照彻过往，亦能照见将来。万物皆有缝隙，那是光照进来的地方。人世之美，是内心深处的柔软，是宽容与慈悲，是懂得与珍惜。

虽说往来皆是过客，但万千人之中，恰好的遇见，也是缘分。彼此之间，可以没有情意，可以不是知音，可以不同哀乐，不经生死，却要有彼此的尊重。多少人，相知数载，最后形同陌路。又有多少人，萍水相逢，却相见知心。

世上唯心性相投，才能平淡相守，否则任意地将就、隐忍，之后仍不被接受。纵使时间深远，也更改不了相嫌相伤的事实。和对的人，做想做的事，莫问是缘是劫，别管值与不值。

君子之交淡如水，是因为彼此心性清淡，不苛刻强求，也不遭妒惹恨，万般心宽随缘。而那些交织了名利的情分，则若过眼云烟，难以久长。自古无情之人，多是薄凉，而易感之人，心则温软。

不是所有的真心，都可以被温柔相待。多少人，原本也是有情人，后被岁月改变，掩藏了其真心，丢失了自己。世事沧桑，我们依稀可以从旧物中看见过往的遗迹，但终究是从前了。一如那时朴素的人情，被时光冲洗，不再那么清澈。

人心深沉难测，若彼此之间，不曾有丝毫的利益相关，则情意尚可久长。一个人的付出，未必要得到相同的回报，但至少会以另一种方式索取。所有默默无声的守护，皆是其内心所需，因所需才会心甘情愿。

日子久了，也许换来了真情，也许早已疲倦。人的情感，会随着光阴的转变而更改，彼时风景，未必适合此时的你。当下的你，又未必会喜欢你所期待的未来。这世间，最亲近的人是自己，最陌生的人，亦是自己。

如伯牙和子期那样高山流水的知音，亦是有的。像梁祝化蝶、《白蛇传》那般至死不渝的爱情，亦一直存在。今生遇见了，是幸运，遇不到，则是寻常。若相信定数，便不会执意去强求什么，一切随了自己的心意，爱怨无尤。

这些年，闭门修行，深居简出，与我交往之人屈指可数。并非我不热爱生活，而是向往清净，在远离纷扰的角落，安于平淡。我不避世，只是淡泊不争，不离群，只是相识有限。古人隐居，或深山幽谷，或山村田园，但终有文侣僧朋与之相交，品茗论诗，对坐说禅。

我相识的人，都是好的。纵有不喜之人，也不论其是非，原谅其过错，理解其残缺。别人或藏了私心，有了想法，也是情有可原。毕竟每个人各有历程，各有际遇，起了贪念，冷了心肠，那又如何？若不曾想着拥有，便无谓失去。若从未曾得到，又何来遗憾？

也有人待我诚心，我或有不喜，却无意伤害。假装不知，搪塞过去，愿岁月消磨，淡去痕迹。有时念着，滴水之恩，当涌泉相报。实则这些都是负累，人生不过是你欠我，我欠你，何必报答。但我心思太重，从来只许人欠我，不肯我欠人。

我待人用心，不图回报，亦不要别人记住，更无须等候时光，去表白什么。只为自己可以坦然面对一切，不累于心，亦不负重前行。人若负我，我可以不计较；我若负人，则日夜不安，诚惶诚恐。在我心底，宽恕别人，比善待自己，更为重要。

外婆教我端正，母亲教我诚信，自幼虽不是循规蹈矩之人，却有一颗易感温良的心。对人真挚，待草木慈悲，与虫鸟友善，也时常与邻伴嬉戏，并不似这般喜静。后来读了书，走入红尘，与人结识，有了故事和插曲，却不是从前滋味。

有过如意，便有失意，得到真心，亦见识过虚情。以往我也在意过别人的目光，更在乎别人的心情，唯愿世人喜乐无忧，至少无人因我而伤悲。如此，不知是把别人看得太重，还是把自己看得太轻。

而今，别人如何看我，又或是怎样待我，竟是毫不在意。在意的人，则是输了，到了这年岁，筹码有限，如何还输得起。或者说，日子得过且过，又怎有精力来去在乎输赢。守着已经拥有的，缓慢地失去，是对自己的悲悯与爱惜。

说好了，往后余生，尽量简洁干净，不与人多往来。这样，亦无须交换真心，不必得到谁的认可、谅解，更不必寄托时光，急于求白。做一朵孤冷的白梅，不与百花相争，错过了时令，也未尝不好。所谓的岁寒三友，并非没有知交，只不过举世稀少。

梅花因不惧风霜，洁净清冷，而为人所喜。人若不畏世俗风尘，活出自我，亦同样受人敬重。我不愿负累于谁，更不想为难谁，却亦不能过多隐忍，委屈了自己。看着渐渐老去的容颜，愿多给自己一些真心，几许爱怜。

人生在世，称心如意之时太少。你不用心，多是一无所获，你尽力去做，也可能事与愿违。所谓最好的安排，其实是一种消极的等待。对别人，可以交付真心，却无须期待回报与理解。随缘是一种姿态，若是做到从容，则意味着真的放下了。

其实，放下了别人，也是成全自己。宽容了自己，亦是解脱了别人。世间万物，相近又相离，又岂能彻底放纵，自在如风。明月离不开清风，梅花舍不下霜雪，书生缺不得诗文，你我离不了烟火。

不去问谁是真心，谁又是假意，人生本无对错，也无相负相欠，做自己便好。这人间，我们来过，已是值得。

淡中情久，
静里寿长

淡中交耐久，静里寿延长。

　　小雪。很美的节气，梅花当是不惧霜雪的。时令迁徙太快，让人心惊，又必须从容不迫。日子与往常一样，没有不同，不喜不悲，平淡如水。梅庄藏了许多普洱，还有红茶，足以过冬。

　　《诗经》有句："昔我往矣，杨柳依依。今我来思，雨雪霏霏。"仿佛看到了三千年前古道的依依杨柳，亦看到了纷飞大雪中，他们的漫漫归程。以为朴素清简的年代，男耕女织，安居乐业，却也是有战乱，有离愁。

　　幼时听大人说起小雪这个节气，便知是冬天，期待着下一场雪，覆盖整个村庄。如此，不必去学堂读书，父母亦不必忙于农事。各家掩着院门，在屋里生了暖炉，喝茶闲聊。有了积雪，则与邻伴，去后山的晒场，看雪景，堆雪人。

之后便是阳光潋滟，各户人家晾晒干菜，腌制腊味，墙院挂满了竹篙。清贫之家，亦有丰年，柴门小户，炉烟不断。他们的忙碌，只为这个冬天不再寒冷，新的一年，一切都将更好。唯愿家人平安，瓦缸里的米填满，欠下的债务得以偿还，尚有余钱，置办年货。

南方的小雪，多是无雪。到了大寒，才能有幸等来一场漫天飞雪。茫茫白雪落在聚散有序的黛瓦白墙上，壮丽之景，虽不及旧时长安，却也有吴地风流。早梅按捺不住内心的惊喜，悄悄绽放，看一段盛世人间。

听闻"雪"字，便不由自主念起了梅花。梅喜寒，喜静，冷艳中有高贵，孤清里又不失喜气。我心思淡淡，喜静不喜寒，宁可隐于陋巷，也不要置身繁华。粗茶淡饭让人舒坦，甘苦与共之人，令我心安。

这几日病中，煮茶读句："淡中交耐久，静里寿延长。"历经人生三十余载，度过了三十多个小雪，与我风雨相随的，唯有至亲。或有一两个知心，皆是当年平淡中相交，一起走过乱世浮生，虽不情深，却也久长。

清贫的我，富贵的我，落魄潦倒的我，功成名就的我，皆一样相待，无有分别。而那些对我说过不离不弃之人，该是轻舟已过万重山，此生再不会有任何的交集。如此也好，时间替我看清了一切，无须我费神猜疑，亦不必我刻意挽留。

杨绛先生说："世态人情，比明月清风更饶有滋味；可作书读，可当戏看。"人情薄冷，我早已深知，只是极少与人交往，便无意冷暖。被人伤过，也伤过人，到最后觉万般无趣，天下最知心的，其实只有自己。

因为不曾对人寄予厚望，所以别人的好与坏，浓和淡，疏与近，都只是寻常。想我几番诚心待人，倾尽所有，不图回报，也只是冷淡收场。若从未有过付出，也未想着拥有，所有的相遇，只是一场清风，或许此间情意，更是清澈纯净。

过去的，都该忘记，放下了，意味着重生。我心思细腻，但凡遇到一点事，郁结于怀，不得舒展。对寻常琐事，却又忽略不计，视作尘烟。我不爱惜钱财，为人慷慨，吃些小亏，亦作福报，唯盼免灾消劫。怕与人相处，是因自己太过醒透，于清醒的目光看人，多是瑕疵，糊涂一点，则都是好的。

昨日之事，愿随窗外的黄叶，一起落尽，不复存在。亦期待，这个冬天有一场纷飞的大雪，覆盖世间不美好的一切。我想着隐于世外，也只是为了避开与人往来，不为人所知，不被人所寻。梅开知春来，叶落知秋尽，也不必在意年华流逝，人生几何。

外婆以往总对我说："穷在闹市无人问，富在深山有远亲。"她说的是古训，也是人情。那时不解，世事唯有经历过了，才深知其味。无人问津之时，我有过；门庭若市，我也有过。我还是当年的我，未曾改变，是时光在迁徙，人心变了。

外婆还说："心宽则可沉静，平淡无事，方能寿长。"她亲历过家族的起落，有过富贵，守过清贫，知晓万事万物皆有定数，强求不得。她一生辛勤耕耘，省俭度日，待人诚意，恪守己心。历大悲也是走过来了，伤心只是一人，不肯言说。

细水长流的日子，反经得起风涛骇浪。平淡的岁月，也许不光鲜亮丽，却因为朴实而耐磨。人的一生，是水滴石穿的过程，不慌不忙，经久绵长。倘若从未曾有过热烈，那么所有的平淡，皆是习以为常。若从不曾情深，又何来的薄幸？

年轻时，总期待着时光飞逝，如此便可以看见老去的模样，省去人世漫漫纷繁。而今，唯盼时光缓慢，让我在人间闲庭信步，静看花开花谢，云聚云散。人到了一定年岁，境界会有所转变，心事沉静，不敢寄望于谁。所做之事，也是求稳，求简，图个清净喜乐。

母亲时常劝我，不要写书，太劳心伤神。我亦是不想的，做个喝茶无事的闲人，春天看一场杏花烟雨，冬日团坐于榻上晒太阳，多好。何必困于文字，时常莫名地陷落某种情境，不得醒转。更况，人生碌碌所为何？

我要的，不过一屋一舍，一枝一瓦，一茶一饭，多余的，于我无益。然不知为何，世事风尘起落，总给我一种紧迫感，令人不敢懈怠懒散。仿佛某一天，眼前的一切如同南柯一梦，消失不见。若我，还是当初那个小小女孩，大不了从头再来，若已是风烛残年，又该拿什么来独自支撑走过？

一个人的山水，是自在，也是无奈。一个人的故事，是解脱，也是悲哀。既是享受了静好，便要忍受孤独；既要福寿安康，便要等得起地老天荒。我当是无悔当初的选择，熬过了漫长的寂寥，才有此时的稳妥。纵是如此，仍旧心有不安，怕风云变幻，始料未及，怕人心更改，天地不和。

过频多变动，过静无生趣，人生之味，终归要恰到好处。就像喝一壶茶，不浓不淡，不烫不凉，则是好的。但也允许犯错，容许有缺失，否则波澜不惊的岁月，亦是无情。如果有一天，写字如同喝茶这般，闲逸静美，有滋有味，那么写与不写，有何分别？

想当年一无所有，在冷落的深巷小屋，写字度岁，清苦却怡然。那时有最好的年华，不惧尘世风浪，此时所拥有，是那时不可想象的。因为得到，反而害怕失去，更添了欲求，竟无有那时清简之福。

于一颗寻常心，待人处事，享受华贵，也尊重清贫。无意聚散，淡看生死，世间无走不过之事、放不下之人。

境遇无常，
光阴易逝

人生境遇无常，须自谋吃饭之本领；
人生光阴易逝，要早定成器之日期。

冬日午后的阳光，丝丝缕缕，如珠如玉，很是珍贵。暖阳下休憩，煮一壶陈年普洱，厅堂里漫溢着香气，仿佛岁月里皆是温柔。

若非镜前看到新生的白发，我竟以为自身从来没有故事，也没有悲欢。人生一世，从一无所有，到丰衣足食，再到空空如也，是必经的修行。像草木一般，经历着荣枯，以为日子还长，实则光阴稍纵即逝。

唐人杜牧可真是洒然，有诗："远上寒山石径斜，白云生处有人家。停车坐爱枫林晚，霜叶红于二月花。"深秋时节，他搁下繁忙的政务，乘车出游。见枫林尽染，霜叶红紫，喝酒吟诗，悠然快意。

杜牧才华出众，博通经史。二十三岁作《阿房宫赋》，二十六岁，进士及第。他诗文卓绝，仕途顺畅，自是意气风发，风流多情。晚年居长安南樊川别墅，不经忧患流离，舒坦安逸。

唐人岑参有句："丈夫三十未富贵，安能终日守笔砚。"自古多少寒门子弟，终日苦读诗书，仍功名不遂，富贵无缘。有些人捧着书卷，落拓潦倒一辈子。有些人则弃了笔砚，于尘世中谋求出路。

世道坎坷，人生凉薄，若无殷实富庶的家境，怎可有丝毫的懈怠。纵出身名门望族，也未必可以坐享华贵，拥有了，还要守得住。古人云："道德传家，十代以上，耕读传家次之，诗书传家又次之，富贵传家，不过三代。"

境遇无常须自立，光阴易逝早成器。这世上，怎有持久不衰的家族，就连盛世江山，亦有败落之时。世景悠悠，那些风闲人静、花好月圆的日子，遇到了是幸运，遇不到也是寻常。

闲下来的时候，心中总有慌意，为怕人生多端，风雨不测，突逢变故。当下的富贵，于我不过幻景，只因从前有过苦楚，许多个瞬间，甚觉不真实。我不知哪一天，功名不再，钱财尽散，如江南五月的梅落，干净彻底。

其实，守着几亩良田、一座茶山、一庭花树，我便知足。世上的成败荣辱，人间的是非恩怨，与我无关。淡泊也是需要境界，世间有几人甘愿放下繁华世态，舍弃功名利禄，不要高墙深院，清苦地修行，聚散不惊，悲欢皆好。

这些年，我的笔墨不曾停歇，无论是落魄江湖，或是小有成就，皆不改初心。那时年轻，精神气度若春风秋水，低眉书写，昼夜不息。如今精力有限，却也不敢荒废时光，不奢望风华依旧，亦要从容自安。

自幼体弱，虽也算聪慧，除了读书，别无所长。世间繁星璀璨，人才济济，若只是单纯的谋生，或许不难，若想有所作为，当是不易。都知光阴有限，出名须趁早，少壮努力，老大不悲。

人生万般皆有机缘，付出是必然，运气也要有。若有一谋生本领，便可应对无常世事。若早定志向，则无苍茫飘忽之感。用数十年的辛苦耕耘，换取一段如愿以偿，也是值得。胜过了一生荒唐，一事无成，醒来恍如一场大梦。

遇一人，守一心；择一事，终一生。我深知卖字为生，路途艰难，但纵是荆棘丛生，逶迤坎坷，我亦是要走下去。一个人，在寥廓的红尘阡陌，寂寞独行。从无人问津，到今时的微名薄利，可谓是百感交集。

其间，亦有许多机遇，与我擦肩而去，但我不悔。也曾受过世俗的冷漠，旁人的不解，甚至轻视羞辱，终是挨过来了。无数个春夏秋冬，皆是笔耕不辍，或游山水，或喝闲茶，也都有诗中意趣、词里韵味。

多少半信半疑的目光，多少若即若离的身影，多少如梦如幻的岁月，如今想起，不觉长叹一声，又全然不在意。我文字里所有的境界，一半是从书卷里寻来，一半则是从经历中得来。我虽不曾惊扰世事，世事却一直在磨砺我。

我受过人间的苦，一屋一檐，一桌一椅，一茶一饭，都是生活的沉重。但我又是个慷慨洒脱之人，若有客至，纵身无分文，亦要想方设法添上酒菜，毫不含糊。对自己虽有苛刻，但也不肯委屈，茶不可缺，酒亦不能少。

想起东坡居士几番谪贬，杖头钱疏，但每到一处，仍要喝酒吃肉。虽说宁可食无肉，不可居无竹，但他终是性情中人。先有妻子王闰之深情做伴，为他料理家务。后王朝云生死相随，为之洗手做羹汤，无怨无悔。

若非宦海浮沉，他早年登进士第，春风得意，名动京师。以他的才能，足以端坐朝堂之上，叱咤风云，命运却给了他清淡的收场。然东坡先生品性若竹，高洁不屈，又旷达豪迈，跌落困境，也无悲意。

我又何尝不是如此，只是境界不可相比。心性若梅，冷傲孤清，人前从不说悲说愁。喜意气用事，为此犯过错，吃过亏，却不知悔改。人生在世，总要有些成就，多些担当，否则，何以穿行在深不可测的红尘，又如何抵挡未知的风雨？

若让我放下一切，一无所有，也是不能。我不过寻常女子，甚至比寻常凡妇还不如。我可以淡泊名利，清简生活，却不能忍受太多的失去。年华老矣，再无法若从前那般潇洒自如，守着当下的吃饭本领已是不易，怎可再贪图许多。

以往觉岁月漫长，敢于孤注一掷，做自己喜欢的事。而今怯懦，凡事不敢逞强，怕境遇多变，无力承受。懂得了人生随缘且安，不属于自己的，纵得到也是负累。

这个下午，些许繁忙，些许闲逸，写了几段字，喝了几壶茶。把一些往来的心事，说与不曾相识的你们。留一点清醒后的平静，给一直努力的自己。

晋人陶潜说："盛年不重来，一日难再晨。及时当勉励，岁月不待人。"隐逸田园的他，尚且如此，置身凡尘的你我，如何还能漫不经心。人世飘转，终要寻一归宿，有了着落，时光方可无忧。

甘受人欺，定非懦弱

甘受人欺，定非懦弱；自谓予智，终是糊涂。

岁月不居，时节如流。每个人都顺从着光阴，变成它想要看到的模样。无论你是否愿意，是否欢喜，都不可逆转它的心意。童年悠远漫长，看不到尽头，如今尚来不及留下什么，就已行将老去，剩下满满的回忆。

到了这年岁，怕是已经尘埃落定，不会有太多的沧桑浮沉。命运从之前的严谨，转而宽容，因为不争，故而没有太多的念想。于外界的一切，也不那么在意，人生是自己的，何关他人。

古人避世，隐于深山，不知秦汉，长长的日子，都是桑竹鸡犬，春耕秋收。有时，我亦想远避此地，换一居所，更名改姓。然隐身何处，去往哪里，仍是红尘乱世，离不了烟火人情。

我总说，人生清简，万物无求。我是万般不想要，又千万个舍不得。从前喜爱之物，如今见了心烦，只觉负累。佛家所说的放下，应该是心中的包袱，而不是眼前之物，所见之景。

我是个骄傲又懦弱的人，洒脱也彷徨，任性又自羁。以往寄于檐下，怕被人欺，更怕受辱，于生活我自律而俭朴，待人处事亦是步步小心。古人凿壁偷光，囊萤映雪，我也是随月读书，废寝忘食。所为的，是人前有尊严，自身有底气。生活不必拘泥，遇事可以从容而豁达。

当初林黛玉初进贾府，书中这样写："步步留心，时时在意，不肯轻易多说一句话，多行一步路，生恐被人耻笑了她去。"就连饭后及漱口之事与家中不同，她亦是一一改之。

黛玉心性孤傲，才华惊世，姿容绝代。林家祖上也是世袭侯爵，林如海科第探花出身，任巡盐御史。其家世虽比不得荣国府的鼎盛壮观，却也是官宦之家，名门之后。但她却深知寄人篱下之苦，凡事皆小心留意，不肯出半点差错。

黛玉的日常供给，同贾府的姑娘一般，一草一纸都是贾府的。其母亲贾敏是贾母最疼爱的女儿，所以黛玉在贾母心中的地位，仅逊于宝玉。黛玉所食所用，以及素日请大夫吃药，都是贾母补贴。

人说，黛玉心窄，不够宽容。身处尊贵，仍哀怨自怜，善感多愁。她这样冰雪聪明之人，自是不肯糊涂，因寄人之下，心性敏感也是情有可原。偌大的贾府，犹如纷乱的红尘，人世百态，单纯如她，怎能从容应对。

她处处忍耐，安居潇湘馆，纵受人欺负，也并非懦弱，而是不肯相争，亦不能争。她处境虽高，到底不是正主，一食一用都不能任意自由，一言一行也当自我拘束。她所拥有的一切，都是贾母对她的宠爱，也是恩赐。

当初妙玉进府，说："侯门公府，必以贵势压人，我再不去的。"王夫人则笑说："她既是官宦小姐，自然骄傲些，就下个帖子请她何妨。"妙玉不过是以修行人的身份借住在栊翠庵，每日黄卷青灯，府中的一切，与她无关。因为与世无争，才活得更加散漫，也随意。

贾母携刘姥姥去栊翠庵，喝一壶老君眉，也不敢多加打扰，匆匆而去。大雪之日，栊翠庵的梅花开得正艳，李纨罚宝玉去乞一枝来插瓶。她道："可厌妙玉为人，我不理她。"李纨是大观园中贤惠朴素的女子，她是茅篱竹舍自甘心。

妙玉这样一个人物，贞静淡泊，处事明达，又超然物外。可清雅端正、温和可亲的李纨，却不喜妙玉的清洁。过高世同嫌，妙玉素日不与人相交，孤僻且清高，让人难以亲近。聪慧如她，看似超脱了一切，其实亦是糊涂之人。

相比，黛玉甘愿委曲求全，让自己融入贾府，在大观园里吟诗作赋，与诸姐妹和睦相处，待下人慷慨真心，不失为一种气度。以她心性风雅，才情容貌，及贾母对她的宠爱，她尽可骄傲，过着富家小姐的安逸生活。

她的世界，只有窗外的几竿修竹，以及案几的诗书笔墨。湘云乃公侯小姐，手上尚有做不完的针线活，而黛玉除了给宝玉做了一个香囊外，几乎别无他作。为此袭人曾抱怨："她可不做呢。饶这么着，老太太还怕她劳碌着了。大夫又说，好生静养才好，谁还敢烦她做？旧年算好一年的工夫，做了个香袋儿，今年半年还没见拿针呢。"

黛玉在府中，所得到的种种好，都抵不了寄身檐卜的凄凉。古人云："各人自扫门前雪，莫管他人瓦上霜。"当下安享荣华尚好，若一朝有事，但求自保，谁还会在意她的安危，顾及她的感受。她道宝钗住在贾府，不过是亲戚情分，一应大小事情，不沾他们一文半个，要走就走了。

黛玉柔软之姿，却不懦弱，她亦想如宝钗那般通透洒脱，却无有她的底气。她宁受湘云平日的委屈，至少她所在之处，是史家。独她身份特殊，享用着贾府的荣华，活得这样惶恐难安，不明不白。

想我当年孤身来到江南，不得庇护，也是那般清苦。梅花心性，冰雪不惧，却怕世俗不容，人情冷漠。些许才能，于人前也知收敛，不敢有锋芒。受了委屈，亦不抱怨，这世间何来那么多的宽容，不过是自我饶恕。

世事洞明，人情练达，都需要境界，否则于凡人来说，顺应自然是最好的生活方式。一如我行文，也是遵循自己的内心，世象万千，众生芸芸，以我有限的经历、可用之才华，怎能字字生花，句句周全。

有人说，读我的文字，只觉美好亲切，有一种似曾相识之感。如同在雪落的冬日，邂逅一株梅树，万千烦恼，顿时释然。我听完，自是感恩，多少寂寞耕耘，几多辛苦繁难，都是值得。

亦有人说，看了心生厌倦，枯燥乏味，毫无价值，转手丢弃。我仍是感恩，因为这短暂的遇见，今世再不相逢，是对彼此的慈悲。人生如白驹过隙，无论是喜是厌，或深或浅，忽然而已。

来日回首，我不过是千树万枝里的一朵白梅，也曾冷艳明媚，转而淡然清寂。骄傲也好，懦弱也罢，所做的一切，皆是为了顺应生活，成全岁月。人在日月山川里，则要遵从自然规律，虽不必千依百顺，但求过得心安理得，不失为做人的志气。

人世已过三十余载，也是染过红尘，经历了哀乐，我仍是这样糊涂。以后的日子，要学会坚定从容，洒然达观。待人处事，不骄不躁，不卑不亢。

潇洒襟怀，光明世界

愁烦中具潇洒襟怀，满抱皆春风和气；

暗昧处见光明世界，此心即白日青天。

"天有不测风云，人有旦夕祸福。"晨起，去古镇吃酒吃面，游园赏菊，原只为邂逅那段久远的时光。归来头疾发作，卧床不起，如生如死。

一夜风雨，病榻辗转，窗外黄叶飘零，寒冬已至。这些年，深居简出，因生性喜静，再则体弱，不宜奔波。骨子里是旷达之人，颇有江湖气，故有时不自我拘束，任性妄为。然偶尔一次放纵，皆受惩罚，久而久之，心中怯怕，生了敬畏，再不敢逞强。

《红楼梦》里黛玉体弱，吃一点子螃蟹，便觉心口微微的疼，仍要喝烫烫的合欢花浸的烧酒，以解寒气。我虽不似黛玉那般柔弱，却自幼有头疾、嗽疾之症，遇风寒或劳累便发作，也是辛苦伤神。昨日贪嘴，且游园吹了风，终未能免去此一劫。

病痛虽是小劫，却十分煎熬磨人，且无人可以替代。古人云："淡如秋水贫中味，和若春风静后功。"人处病中，唯求简，求静，亦求安。这时，平日里割舍不下的念想，一概不要。那些宏大的志向，也全然放下。荣华与清贫，无有区别，庭园和茅斋，亦是相同。

以往镜中看见新生的白发，心中总是悲伤，叹红颜老去，芳华不再。便想尽方法拔去，不忍视之，亦不愿承认衰老的事实。过些时日，白发依旧频生，甚至比之前更多。今番病中也想通了，生老病死，聚散荣枯，原有天意，人力怎可违之。这白发我是顺其自然了，不管不顾，且让它们同我随遇而安。

《围炉夜话》有句："愁烦中具潇洒襟怀，满抱皆春风和气；暗昧处见光明世界，此心即白日青天。"我自当是以此来勉励自己，不可沉于病苦，多生愁烦。落困境，置忧惧也见清光，有潇洒襟怀，春风气度。人生难免起伏，多少次水尽山穷，我虽惆怅，却仍是从容以对，后来都过去了。

人的一生，所求的除了功名、钱财，还有情感以及许多难与人言的梦想，至关紧要的则是健康。若是心胸开阔，纵处逆境，亦可相安。于年长者而言，我尚算年轻，但也经历了人世风尘。有过灾劫，损过钱财，贫病交迫，无人问津。那时，只盼有一屋檐栖身，冬夜有一盆炭火暖手，饥时有饭，冷了有衣，渴了有茶。

外婆说，她幼年是见过荣华的，后来亦经历了一生的清贫。农村凡妇，生儿育女，勤俭持家，养猪种菜，织布制衣，但凡能做的事，皆倾尽心力。她不因人生变故而悲伤，安于平淡，历无数风雨灾难，都坚强走过。九十余载，一岁一枯荣，直至寿终内寝，如同安然睡去。

外婆不曾有过怨天尤人，生活始终清洁简静，且待人处事皆温和良善。年轻时，院中的花、门前的柳、家中大小事务，以及厨下的一切皆归她打理。年老后，她房内只留旧时的一橱一桌，一床一椅，不添一件新物。有愁烦，她都自宽自解，遇难事，也从不与人言说。

在我心中，外婆永远那般端正祥和，如温暖的春风，似宽容的秋水。她虽身材弱小，却帮衬外公一起，支撑整个大家庭。外公遇事多半书生意气，外婆则为他细心打点，免去不少思虑。外公说，不管在外吃酒多晚回去，外婆都在窗前为其掌灯，守候他归来。而他，无论醒醉，都可心安。

他们所处的年代并不太平，有过浩劫，闹过饥荒。但母亲说，家里虽清寒，却从不缺食挨饿。外婆去山间田地，采寻许多可以充饥的花草野菜，回家制作各种美食。她若《诗经》里的女子，采葛织布，伐竹修篱，捞菱为食，折松点火。

人生多少困境，于她只是堂前的风、雨后的竹、雪中的梅，飘零冷落都是美好。外婆说："忙碌也是快活的事，生命停不下来，意味着健康平安。"她几乎不让自己闲着，纵不遇农忙，她也是坐廊下与邻妇穿针引线，或打扫庭除，抑或灶前烹煮美食。

幼时最开心之事便是去外婆家，吃她做的饭菜，喝她煮的茶汤，于月光下听她说那些过往的旧事。庭院的葡萄架、门前的枣树，以及那口长满青苔的古井，都留存我们的记忆。人世间的恩怨情仇，不落她身，悲欢兴亡也只是过场，惊扰不到她。

最伤心的莫过于暮年丧子，外婆时常一个人于门后独自落泪。然后又宽解自己，自古帝王都主宰不了生死，更况寻常百姓？有一日，她亦是要归去，那时的她，会比之从前更加坦然。因为，在那个遥远的世界，有人等着与她重逢。

她是幼时安享富贵也觉好，嫁作人妇守着清贫也觉好。她处盛世顺意，乱世里也安稳。她的一生，不过是从这个村迁徙至那个村，短暂的距离，却承载了她走过的几十载春秋。多年以后，外婆被葬于翠竹青青的山林，千竿万竿修竹，都是她对人世的祝福，以及对亲人的依恋。

以后的人生，无论我遭遇怎样的伤害，受了多大的委屈，始终不落低沉。外婆是寒冷时那剪明净的春风，是暗夜里一缕温柔的清光。我飘零时，也不失潇洒，困窘时，亦慷慨为人。外婆留给我信物，被我丢失，但她传递给我的情意，一直都在，此生不会忘怀。

行文至此，仍是卧榻不起，手中的纸笔，也是知人心意。非我不肯歇息，而是心中有话，想要以这种方式与你言说。窗外依旧风雨交集，秋叶满地，我亦是喜欢这样的情境。这世界，有许多人在风雨中负重前行，毫无怨尤，所为的是让自己更好地活着，珍爱生命中的每一天。

想我走过万水千山，有坎坷波折，亦是坚定不屈。念及此处，顿觉有了气力，支撑着起来。生了炉火，煮一壶陈茶，喝下几盏，神清气爽。头疾稍缓，于我而言，病痛消减便是最大的幸福。恍惚中，感知外婆在护佑着我，尽管隔了山南水北，她从不曾离开。

外婆生前常说，吃再多的补品，不及一碗白米粥。孤身在外这些年，每次病时，便要喝上一碗白粥，加一碟爽口小菜，最得人间清味。唯有这一刻，才觉米粒如珠如玉，且闻得到它特有的清香。人世的好，大多在这些点滴的平凡光阴里，又因为平淡，不被人深知。

想起外公说过的故事，一户农人家境贫寒，年关将至，家人衣食无着落。无奈在风雪之日，穿着薄袄去卖田。买田的人家给他端了一碗米汤，刚刚下腹，只觉通身和暖。他惭愧说道："这田我不能卖了。"外公之意，是告知我们，寒冬时节，穿再多的衣衫，纵围炉取暖，也不及一碗热米汤珍贵。

这碗米汤，恰似暗昧里的光明，让这位农人铭记一生。自此，守着家中的几亩薄田，辛勤耕耘，春种秋收。柴米油盐，衣食住行，哪一样不是依靠这田地所得。可见，这世间温暖人心的，还是情意。一件衣衫，一盏热茶，一碗米汤，都有千钧之重。

而善良的外婆和母亲，每逢遇到流浪至村庄的路人，都会给他们端上一碗热饭，施舍一点碎钱。只为在他风雨之程，添一丝暖意，于他忧患之中，给予一点帮助。这些人，也许后来白手起家，有了大的作为；也许寻得一处寄身之所，平凡耕种，有了遮风挡雨且衣食无忧的家。

人的一生，于风尘中行走，有顺境，也有逆境；有春阳，也有冬雪；有落寞，也有繁华。然这些都会过去，一切美好，都为时不晚，所有努力，都还来得及。

明日醒来，窗外应有和暖的晴光，而我亦该是安然无恙。

贫惟求俭，
拙只要勤

贫无可奈惟求俭，拙亦何妨只要勤。

　　冬日晨光，些许寂静，些许诗意，薄雾浓霜过后，则是潋滟的晴光。如此清冽洁净，让人想喝一壶温暖的红茶，慵懒地贪恋这一刻的美好。世相纷繁，红尘娑婆，又怎容许有太多的闲逸，亦不敢辜负光阴。

　　茶自上了学堂，有许多的长进，不那么贪玩，会打理自己学习以及生活的一切。有时看着她，竟觉恍惚，那个小小孩童，仿佛在瞬间长大了。明明昨日牙牙学语，今时却言语流利，背起了诗词，弹得了《云水禅心》。

　　茶冰雪聪明，亦懂得自律，许多事我都无须参与，相信她可以做好。她仍是那么乖巧，却有了自己的想法，少了从前的温顺柔软。甚至许多时候，她认为我所做之事、所弹之曲，已经不及她的好。

这些我都是提前预知的，人生路上，她与我并肩同行的旅程将越来越少，有一天，我只能站在某处，目送她的背影渐行渐远。一如当年，母亲倚着柴门，目送我远去的情景。那种踏遍山水的决心，那种天涯孤寂的怅然，至今想起，仿佛只在昨天。

昨日茶背了南朝梁萧绎《纂要》之句"一年之计在于春，一日之计在于晨"，以及《增广贤文》之句"一寸光阴一寸金，寸金难买寸光阴"。看她似懂非懂，又认真的模样，像极了多年前的我。

自幼我喜爱读书，奈何居于偏僻山村，所能读的书籍有限。父亲有许多医学古卷，我也曾阅览过几册，却到底不及诗词那般有趣味。后来，父亲托人从城里带了几本《唐诗宋词三百首》，以及旧版的《红楼梦》，我如获至宝，甘之如饴。

许是对文字有着一种与生俱来的喜爱，于一些简约的诗词，我皆过目不忘。如唐人柳宗元之诗："千山鸟飞绝，万径人踪灭。"虽不解其间的深意，却亦知诗中之境界。有时，甚至觉得自己是某个年代走失的人，错过了属于他们的时辰，才零落至此。

有时我想，若穿越至古代，女子无才便是德，除了舞文弄墨，我一无所用，何以为生？想必是投生于一户农家，柴门小院，日子清贫如水，却平静安逸。而那时之景，与我幼时有何所别？

幼时居住在一户古旧的院落，黛瓦粉墙，石雕和木雕有着明清遗风。父母亦是寻常百姓，生活清苦，却绵密而有柔情。母亲也聪慧，亦识字，然在闭塞的村落，她所能做的，只是相夫教子。每日勤于家务，打理菜蔬，让下乡问诊的父亲无后顾之忧。

若非时代更换，我得以走出那个小小村庄，亦只是做一名农妇。采桑摘茶，平凡耕织，无所不能。纵偶有闲情，不过是庭前栽几树花，廊下煎一碗茶，灯下读一卷书，莫过于此。那时，竹林下归来的浣女是我，纺车前辛勤织布的女子是我，倚着柴门看人间四月芳菲尽的人，还是我。

有时，做一名凡妇远比做一位才女更让人敬重。她们知晓人世的沧桑，懂得安贫乐道，珍惜一茶一饭。母亲则是那名温婉贤惠的凡妇，她毕生的事业，是护佑这个家，所有心愿，是家宅平安。为此，她不在意自身的喜好，可以放弃自己的理想，安心持家，俭约度日。

古人云："贫无可奈惟求俭，拙亦何妨只要勤。"父母大半生时光都寄居山村，所挣的银钱实在有限。细细碎碎的小钱，日积月累，慢慢地有了些许节余。一些支付给儿女，一些花费了生活，剩下的，留待以后漫长的岁月。

清贫无可奈，唯求俭朴，如此衣食自可无忧。笨拙也是无妨，只要足够勤奋，亦能渡过一切难关。母亲不仅勤俭持家，朴素无华，但凡妇人能够做的事，她也都去参与。所挣的碎钱，贴补日子，让人感知到生活的真实与贵重。

而父亲天资不足，只能依靠勤奋来弥补。白日忙于繁重的农事，夜里挑灯研习医书，数十年如一日，从不懈怠。那些年，他解救了无数乡人的病苦，治愈了许多疑难杂症。所攒下的功德，为他避过一些灾劫，增添了他的福寿。

于生活，我是笨拙的，许多事仿佛与我无关，尽管我内心渴望和世间的一切，亲切相依。然有时外界的风物，却总是那么陌生，让我只想简单地做自己，笨拙地生活，打理庭园，听雨观雪，煮茶写字。单纯的模式，多么清洁。

于文字，我或许不算是笨拙之人，几分灵性，几许风骨，一点才情。从当初的清贫，到今时的衣食无忧，亦是勤俭而来。古人云："百无一用是书生。"若非际遇巧合，苍天眷顾，只怕现在的我，仍旧藏隐于某处深巷陋室，勤耕雨读。

几多辛酸，几多风尘，几多清苦，在俭约与寂寞中走了过来。若说我对文字有一种天性，却也离不开朝朝暮暮的耕耘。人世的冷暖阴晴，我皆不过问，只守着笔墨，慢慢度日。

想起当年卖炭翁，一车炭，千余斤，换取半匹红绡一丈绫。我亦是不为人赏识，数卷文字，换取微薄的银钱。这些皆是人生必经的历程，我懂，任何人都不可例外。幸运之人，走过万水千山，得见光明净土。运气差的，依旧在风雨路上，不断地转弯徘徊。

原来，那一字一句，不是诗，亦非词，而是光阴，是华年。纵天赋异禀，荒废笔墨，也不能有所作为。纵荣华鼎盛，奢侈无度，亦难以久长。清贫不可惧，只需俭朴，足以度日。笨拙也无妨，只要勤奋，皆可弥补。

富贵之家，也当有所约束，千日得来，散去一时。聪慧之人，亦不可散漫，再美的时光也经不起等待。命运待人或有偏失，但最后到底是平正的，机缘一旦错过，便再难挽留。

有时我倦累了一切，试图寻一静谧之所，栖息片刻。也曾心思豁然，有千金散尽还复来之慷慨。后来终是作罢，不敢有魏晋之洒逸风度。做个凡人，只争朝夕，一丝一缕，也觉珍贵。

当真是："少年易老学难成，一寸光阴不可轻。"

清贫乃读书人顺境，节俭即种田人丰年。

　　午后喝了几盏茶，沉浸于文字中，不觉日影飞逝，夜幕来临。落霞依稀还在窗前，不过一炉香的时间，月影已至。瞬息万变的光景，恰似起落无常的人生。山河变幻，人世沧桑，千年岁月渺若微尘，我们都只是往来于天地间的蜉蝣。

　　立冬后，日短昼长，更觉光阴催急。人生得闲则贵，与钱财无关，但若太过清贫，于身心皆是无益。我有过飘零，守过清苦，自知人生多艰。这世俗之事，我虽不多参与，却也领教过它的冷漠。

　　这些年，可以荒芜心事，省略烦琐，却始终不敢倦怠文字。除了日常的养花喝茶，偶尔出游山水，也是为了滋养闲情，温润笔墨。心里默记，丰年想着灾年，富时念着贫时。如此，纵往后处艰难之境，也能解脱出来，不必苦于纠结。

搁笔歇息，享用美酒肴馔，安逸且舒心。江南风流富庶之地，秋日赏菊吃蟹，喝酒吟诗是雅事。深深庭院，曲榭回廊自有一段幽趣，然柴门人家，一年中亦可奢侈几回。自古文人多落魄，但无论置身何境，总不失风雅，不丢骨气。

于生活，我不会奢侈浪费，却也不肯太过俭约。珍爱自己，是多年寒窗书写实在不易，张弛有度，是不负上苍给我的这点才情与福禄。虽说简衣素食，让人稳妥踏实，但安享荣华，也未尝不好。

人生妙境，自当是顺达时不骄，落魄时不惧，受得起饱暖，也忍得住饥寒。快意时，赏花饮乐，玉壶买春。潦倒时，粗茶淡饭，也不觉委屈。我虽骄傲，却也不固执，心中持一份信念，起落浮沉也不那么重要了。

古人云："清贫乃读书人顺境，节俭即种田人丰年。"所言是，清贫之境，可促使人读书，虽穷苦却顺遂。因无奢靡的物质所扰，则心思清明，安于学业。若一朝功成名就，便易将诗书抛开，反丢了志气。

千百年来，朴素的民间，避奢华之风，以节约为美德。于耕种的农人来说，怎能岁岁是丰年，有太多不可预料的天灾劫难。若平时勤劳省俭，日积月累便有余粮闲钱，当遇到荒寒年景，自不必担忧衣食温饱。

母亲常说，大吃有如小赌。她一生节俭，从未有丝毫的浪费，或是纵容自己一次。她持家有道，衣食俭朴，对我们虽多宠爱，也是十分严谨。数十年如一日，纵后来家境宽裕，手上富足，她仍旧保持俭朴之风。

但母亲为人慷慨大度，内心温暖良善。每逢客至，她皆是尽其所能，拿出家里所有的好酒好菜，殷勤招待。对路过的乞丐，她亦是心生怜惜，出手阔绰。对村里的孤寡老人，她更是万千悲悯，给他们银钱，以及物品。

母亲说，她素日节俭，是怕遭遇困境，身陷窘迫。父亲多病，几番住院，花费许多银钱，母亲从未借人半分。可她却时常取出自家的积蓄，帮助亲友，解人难处。她一生慈悲行善，积了功德，只求家宅平安，免去灾祸。

世间种种，都有天意。纵是你一生茹素积善，不骄纵奢侈，也未必能事事遂心。父亲不仅是寻常的种田人，也是一名乡村郎中。他的勤劳节俭，犹胜母亲。他如临波秀竹，直节不屈；若立霜之梅，凌寒不落。他坚毅如山，倾尽全力支撑这个家。

父亲行医乡里，妙手济人，日夜穿行，为赴病客之约。悬壶世上，无愧于心，自己却总被病痛相缠。那时我虽年幼，然记忆里，父亲无数次在风雪之夜，问诊归来，蓑衣斗笠上，盛满霜雪。夜里炉火不断，有母亲为他温好的姜茶，以驱入骨的寒气。

这般辛苦，为解世人疾病，惠誉村乡，也为挣取银钱，养家糊口。人世漂泊，灾劫重重，父亲这一生，几次病重，侥幸脱险，最后一次终未保得住性命。于他，虽说是解脱，但终留遗憾。

他一生清简，身无长物。留下几箱药草，几片茶饼，还有十余瓶未饮的老酒。落满尘埃的药箱，藏了一小沓古旧的钱票，陈味甚浓。无论他心里把这人世看得有多贵重，到底是万般带不走。

行笔至此，一阵酸楚，忽而泪落不止。有一股悲意，直抵内心深处的柔软，不胜感伤。相离几载，也不知父亲在那个世界，是否安然无事。寡言沉默的他，应该还是独自往来，是否仍要披星戴月，问诊邻乡？又或是独酌残酒，于灯下静读神农古卷？

我知他习惯了孤独，只是怕他过于忠厚，被人所欺，无处言说。怕他行走在荒凉阡陌，寂寞深林，找不到归路。我愿他早已转世，忘记这一世人生，做一个旷达洒脱之人。投生于富贵人家，安享闲逸，再无灾病，喜乐平安。

如此，我亦可心安，不必时常愧疚，不得释怀。今时我在江南胜地，临太湖烟水，与梅相伴，诗酒琴茶，衣食无忧。每年早春，心念着寄几两新茶，给父亲尝鲜，已是不能。斟饮好酒，想着寄两瓶给他品味，人去无痕，亦只好作罢。以往不以为意之事，如今竟这样的难。

也曾清贫一身，落魄不堪，但坚持读书写字，志气不减，将逆境当作顺境，才走了出来。后稍有名利，也不忘苦寒之时，更不忘父辈乃农人出身，当勤俭自持，不可奢靡。

然人生只有一次，我亦不能对自己太过苛刻，况光阴仓促，更应顾惜身体，善自珍重。飘零太久，再不能像幼时那般，与亲人朝夕相见。但日子，依然要过得有情有味，让自己幸福，是对他们最好的安慰。

读书人，多是心思清坚，有风骨。清贫是顺境，华贵也不傲慢。我是悲时不肯言苦，喜时也从容自若，若有了境界，心意自然，人生何处不清安？往日的千辛万苦，也只是寻常，现前的美好光景，才是真真切切。

和气迎人，平情应物；抗心希古，藏器待时。

　　岁序不言，年华将晚。趁这晴好之日，煮了一壶阳羡红茶，慢慢品饮，只觉醇香浓郁，意蕴绵长。想古人无论有无功名，皆有一颗诗意归隐之心，然又时刻有一种济世的情怀。灵魂向往着自由，生命却不是孤立的。

　　阳羡是陶都，江南吴地，山水如画。当年苏东坡途经阳羡，被那清润的山水田园吸引，更有千竿万竿的修竹，令其倾心。于是，决意买田阳羡，隐于此处，再不去追名逐利，亦不必宦海浮沉。

　　有词为证："买田阳羡吾将老。从来只为溪山好。来往一虚舟。聊随物外游。有书仍懒著。水调歌归去。筋力不辞诗。要须风雨时。"那时，东坡居士的身边，尚有王闰之甘苦相伴，有王朝云生死相随。

当年苏轼谪贬黄州，日子拮据，杖头钱疏，便开荒种地，过起了自给自足的农人生活。后几经流转，邂逅阳羡已是迟暮之年，那时的他早已厌倦官场风云，愿做一名散淡自在的田舍翁。

陶渊明弃官，归居田园，有了"采菊东篱下，悠然见南山"之出世般的洒脱闲远。唐寅于桃花坞建桃花庵，只道："但愿老死花酒间，不愿鞠躬车马前；车尘马足富者趣，酒盏花枝贫者缘。"就连心系天下苍生的杜甫，亦修筑过草堂，有过一段不问世事的闲隐时光。

若非不合时宜，造化弄人，高才雅量的苏轼亦不会放下功名，选择小舟从此逝，江海寄余生。他旷达豪迈，纵是一生漂泊无定，也不输志气。他亦有田园之梦，无奈接到朝廷的诏令，使他不能终老阳羡，醉饮江南。

阳羡山水灵逸，制壶制茶，源远流长，不负盛名。阳羡茶在唐时便推崇为贡茶，陆羽在他的《茶经》中有记："阳崖阴林，紫者上，绿者次，笋者上，芽者次。"更有诗赞赏："天子未尝阳羡茶，百草不敢先开花。"

我当是有幸，与宋时大文豪东坡先生心意相通，买田此处。无锡与阳羡相邻，同饮太湖水，共制阳羡茶。那时东坡先生到杭州任职，与阳羡结缘，我亦是打江南走过，留驻于此，缘定三生。无奈，东坡来去匆匆，心愿未遂。那买下的田地，被岁月荒芜，再无人忍心耕种。

他再度遭贬，去往岭南烟瘴之地，落魄潦倒，幸得王朝云不离不弃，佳人胜过佳茗。朝云出身杭州，带着江南的灵气，与之相伴相守。后病死于惠州，苏轼有楹联：不合时宜，惟有朝云能识我；独弹古调，每逢暮雨倍思卿。

每当我心思冷落，疲于耕读之时，便借古时圣贤之高尚心志，来勉励自己。"和气迎人，平情应物；抗心希古，藏器待时。"守住自身的才能，以待可用的时机。纵一生不为所用，不被认可，又有何妨?

想东坡先生无论是诗词、书法还是才华，皆是宋朝第一，然他一生都在颠沛流离，叱咤风云之时太少。尽管如此，他心志仍存，豪气不减。朝廷几番折腾，他不曾有过抱怨，命运的波折起伏，他也作寻常。

乌台诗案险些丧命，被贬黄州写下名垂千古的《赤壁赋》。流落儋州，在那荒凉之地办学堂，介学风，多少人不惧艰辛，慕名而往。在杭州疏浚西湖，修筑苏堤。为此，"父老喜云集，箪壶无空携，三日饮不散，杀尽村西鸡"。

就是这样一代文豪，也只是落得功名无寄，客死他乡。但这些皆无碍他人世潇洒一场，此一生所到之处，都有他留下的名诗佳词，风物美食，传说故事。他虽遭遇坎坷，身处忧患，却开创了豪迈词风，豁达之情，明净之心，令人敬畏。

真正有作为，有修养之人，皆以祥和之态和人交往，以平正之心去应对事物。东坡居士待人谦和，爱民如子，不论身处何境，都不输气势。置身朝堂，坐拥风云，他也是端然正气，光明无私。落魄江湖，化身农夫，也是不屈不挠，坚韧不拔。

今日我饮阳羡茶，感苏子之遗风，内心多了几分从容与清亮。以往待人也是好的，但文人多傲骨，总不肯沾染别人半点的好，故而有时刻意躲避，与之疏离。我是万般可忽略不计，万般又落于心中。如今却心思明敞，待人待事，持一颗寻常欢喜心。温和迎人，平情应物，也省略了许多繁难，放下一些执念。

原本不喜与生人相交，不愿接受太多陌生事物，此刻内心通透，世人皆可往来，凡事都可商量。有修为之士，怎能对人世有太多的挑拣，顺应自然，便是对光阴莫大的慈悲。如此，可以容忍岁月的缺陷，接受命运的不公。万物的存在，都是有情有理，随遇而安则好。

古人畅游山水，啸傲林泉之归隐情结，亦是我毕生所愿。或许我无兼济天下之达观，却可以做到独善其身。处顺境不骄，遇逆境不屈，时刻不忘古人之志向，苍生之苦楚。纵是飘忽流转也不可惧，怀才不遇亦是无妨。

"君子藏器于身，待时而动。"无论是苏子，还是陶潜，或是唐寅，他们腹有诗书，纵隐了田园，或流落乡野，也比之常人有气场，有风骨。哪怕一生与林泉相伴，和草木为朋，也不会被历史遗忘，被时光湮没。

多少君子圣贤，藏隐于市井巷陌、百姓人家，走失在西风斜阳、黄尘古道。他们虽志气高远，却总难以舒展，才情惊世，又未必等到良机。但内心有了境界，观山戏水皆有情趣，修篱种菊亦觉淡泊。

从前的我，藏隐红尘深处，每日饱读诗书，勤于笔墨。只为等候时机，有朝一日，受人赏识，免去寒窗之苦。每逢困境，惆怅沮丧时，则抗心希古，转而几多斗志，几多释然。

倘若一直困于深宅陋室，未曾走出来，只怕此时又是另一番境界。未必能有古时圣贤那样磊落之襟怀，疏狂之气度。或仍旧痴迷于诗文，在无人相识的角落里，书书写写，不知所以。或早已丢下一切，安心做一名凡妇，也不要志向，不要时机，只过好简单的日子。

当下之情境，算不得是最好的，却可以让我散淡无忧。以寻常心待人，平和应对事物，可以继续打理红尘，安然于世。亦可以放下这薄弱的功名，归隐山林，栽一树梅，与之相守相知。

菜根谭

卷三

人生怎可安闲

烟霞俱足，
风月自赊

得趣不在多，盆池拳石间，烟霞俱足；
会景不在远，蓬窗竹屋下，风月自赊。

古人傍一树老梅、一丛翠竹，或是临一泓清泉、几块山石，便得意趣。居蓬窗竹屋，自有风月长伴，也不必水远山长去往名胜之地，寻求更美的风景。

以往居山村乡野，不过于诗文中识过梅花，或是驿外断桥边、山水之畔见过几树野梅。闲时折来插瓶，万千喜爱，如视珍宝。想着若有一日，去往梅园仙境，赏那千树万树梅开，将是怎样的盛景。

如今，寄江南风流之地十余载，梅园与我居所仅相隔数里。我赏梅之心，随着年岁流转，越发地淡了。或恰逢雪落，一时兴起，去往园林。有时，趁春暖晴和，几经思量，方与之相见。只觉是为了赴一场约定，再无当年的痴心与热忱。

真正爱梅成痴的是宋时的林和靖，是风雅的宋人。他数载隐居孤山，除了乘舟游湖，或与山僧品茗说禅，二十余年未踏足闹市，与世断绝。种梅养鹤，成了他毕生之事，就连诗词，也只是一种消遣，用以衬景，打发光阴。

宋人爱山水，爱草木，爱煮茶，更爱写词。他们的世界，婉转却不生悲意，旖旎却不是哀怨。一物一景，一器一皿，都有徘徊不尽的风致。这个朝代，如一阕多情的辞章，后世再无可超越。

"得趣不在多，盆池拳石间，烟霞俱足；会景不在远，蓬窗竹屋下，风月自赊。"曾经向往名山大川，奇石异树，曲径通幽，藤萝掩映。为此背着行囊去往苏杭之地，畅游园林，赏阅湖山。也算是饱览风物，阅尽人间，有过擦肩，换取过回眸，此生足矣。

当年唐玄奘跋涉万里，历尽风雨沧桑，西行求经。而我居灵山脚下，与佛祖一步之遥，沾染灵性，却终不能通透，缺了境界。每年，也与众生一般，去灵山朝觐，心中或有所求，又或仅仅为了一份宁静。

世间风月无边，烟霞缥缈，令人神往。有时身处其境，未必知其妙，为盼更远的风景，可以一见倾心。真的与之相逢，亦不过是寻常之景，何来那许多惊艳。我也是庸碌凡人，为寻风雅，游历山水，竟忽略了，最纯粹的景致，在三千年前的《诗经》里，在远去的故园，在当下。

仙佛往来之处，只在灵山秀水。我有幸，用十余年努力，换来此居所，可安身遮蔽，不惧万千红尘。推门可见太湖，转身便是深山。都说闲适最宜养心，眼前的一庭一院，一树一石，足以将余生安置妥帖，实该知足。

半生飘零，所求的，与幼时之景，似无所别。只不过，换了一处山水，多了些许历史底蕴，却找不到田园的质朴。陶潜弃官，归隐田园，尚有一亩三分地，供他栽菊种松。而我，远离故里，再回去已无藏身之所。

那时，柴门小院，四周皆有溪流，翠竹环绕，宛若桃源仙境。门檐石柱，瓦当轩窗，处处可见雕花。菜圃里果蔬满地，随意采摘。家家户户，有茶有桑，有田有地，看似清寒，实则富庶。

唐时孟浩然之句"故人具鸡黍，邀我至田家""开轩面场圃，把酒话桑麻"，所描述的，恰是平凡的乡村之景。千百年来，民风朴素，田园风光恬淡闲静，一壶美酒，一束菊花，足以安身立命。

有修为、有境界之人，盆池拳石，烟霞俱足，蓬窗竹屋，风月自赊。何必舍近求远，贪图与自己无关的风景，卷入纷纭乱世，无以脱身。如今，我才知炊烟人家，曲曲小巷，方是此生最好的归宿。

我曾说，要种满山的梅，养一池莲，藏一室茶。那时觉无可实现的心愿，如今看来这样浅薄。世间万物，我已再无多求，唯愿一身清简，坐卧随心，来去无羁。若有一日，我为命运所迫，仍自迁徙，那梅，那莲，那茶，托付于谁照管？

漫山的梅，不及乡野几树小梅那般意趣天然，清越自在。一池静莲，又怎及十里荷花的旷远之势。想当年，我坐小舟之上，手执荷花，犹如画中人。夜里，于惨淡的煤油灯下，手剥莲子，清洁之心如春水春阳，没有边际。

有过阅历，经了沧桑的人，知故乡的溪山明月，更有情意。有时品多了名山之茶，只想煮一壶乡野茶汤，抵消心底的怅然。那种用炭火微微炙炒的茶香，曾弥漫过整座山村，亲切疏朗，胜过百花之香。

比如这个午后，我特意煮了一壶野茶，慢慢品味。氤氲的茶烟，恰衬了我此刻的心情，又解了乡愁。记得父亲救治过邻村一妇人的性命，后来她每年春天，亲制一斤茶叶，给父亲品饮。十多年，不曾间断，直到她离世，方终止了这份深情厚谊。

人世就是这样温柔绵长，让人敬畏，心生感动。来世，她采茶，他种地，或还会相逢，怕已不识，擦肩而过也是好的。浩浩天下，荡荡世景，所缺的，就是这样朴素的情意。经历过的人，方知美好的人情物事，都在身畔，不必远寻。

民间风物之美，浩荡山河里有，诗词里也有，且不拘谨，无穷尽。佛经里所说的洒脱无碍，清洁简单，也在寻常巷陌，百姓人家。离去时不觉，归来才知珍重，或已太迟，却也是行过无悔。

世间有许多人，似我这般，舍了故园之景，去了远方，历尽苦楚。风雨之后，但求一处庭台清澈，得养身心。我之所求，亦是众生所求，但各有缘法，得到与失去，皆不相同。

记得那年我去西泠印社，一树粉梅倚着太湖石，临池而开，很是繁艳。后来，赏过梅树万千，再没有那样触目惊心。那一日的西湖极冷，不见雪落，我游湖之后，路过一草堂，透过小窗见里面炉火烧得正旺，沸煮的茶烟热气蒸腾。而我衣衫单薄，心中觉有一陋室可遮身，该是千万的好。

多想叩门而入，讨一碗滚烫的茶汤，抵御寒冷。心生怯意，终究作罢，而后返家之情急切。冬日湖山静好，意境清妙天然，却无有可安身之处。往后这些年，我或有游湖，都择和暖之日，让自己多一份闲逸与舒适。

当下的小院，草木稀疏，所见之景，到底有限。因为是自己的，好与不好，都令人安心。有时，觉得室内摆设，其实皆是多余，不过用以应景而已。但所有的存在，因我而生，我纵有不喜，亦当珍惜。

此刻，一缕斜阳落进来，院屋悄静，外面隐隐有步履之声，时近时远。想着天下的纷纷攘攘，乃至盛衰恩怨，与我无关。心里顿觉安定，无远虑，也无近忧。

逸态闲情，
清标傲骨

逸态闲情，惟期自尚，何事外修边幅；
清标傲骨，不愿人怜，无劳多买胭脂。

　　这个季节，送人一袋落叶，或是一米阳光，都是珍贵的。一如在风雪天，赠人一杯暖茶，善意温柔，简单真诚。

　　那日，去往太湖梅庄，一路秋山，万木萧索，只觉凋零亦是一种美。行途中，时有山花不惧严寒，独自绽放，可见，清标傲骨的不只有梅。万物有灵，是我们忽略了许多。

　　以往诗词里总见写梅花之句，它苍树虬枝，花朵粉白可爱，或绿衣娇俏，冰雪中一缕仙姿，动人心魄。那时年少，便任取一草木自居，以寄心性。

后辗转至江南，见梅花千万，各有风韵情肠，更为之魂牵梦萦。自号梅庄主人，倚山栽梅，临水而居。今时想来，亦只是附庸风雅之辈，平白要了个虚名。

有时，觉心中所爱，并非是那一树繁花，而是一种情态，几分骨气。换另一种草木自许，亦是可以。《楚辞》里的香草，周敦颐笔下的莲荷，或是深谷幽兰，芳溪水岸的无名野花，各有气节，众生皆爱。

奈何与梅花结缘，不敢三心二意。所居之处，乃至家中摆设，寻常用具，皆与梅花相关。并非刻意，而是见之欢喜，心中亦踏实。仿佛室内，皆有梅开，或林立桌案，或绽放窗台，或藏于画中，或装入瓶罐，其间妙意，难以言说。

总之，与梅相关的物事，落于我心。而我，则是那枝梅花，素淡清雅，天然古朴。平日装扮，但求简约洁净，不要艳丽。平淡姿容，也不惧光阴游走，不劳脂粉点缀。

《菜根谭》有句："逸态闲情，惟期自尚，何事外修边幅；清标傲骨，不愿人怜，无劳多买胭脂。"似觉说的是那断桥残雪边的一株老梅，逸态闲情，临风自赏，虬枝散漫，不修边幅。傲骨清姿，嫣然一笑，不愿人怜，无胭脂已芬芳。

梅花，可寄身楼台亭阁，侯门深户；也可居山野篱院，百姓人家。若非梅花临雪而开，冷艳明媚，几多傲骨，似冰雪佳人。亦不被文人墨客喜爱，更不能居富家宅院，得清贵赏玩。

这梅花，曾落于寿阳公主的额前，更添了其尊贵。寿阳公主乃南朝宋武帝之女，历史上并无多少记载。她恰似梅林间，一朵娇小的梅花，幽香浮动，惊艳于那个属于她的朝代。

据《太平御览·时序部》引《杂五行书》载，宋武帝女寿阳公主，人日卧于含章殿檐下，梅花落公主额上，自后有梅花妆。她额上的梅花，陪伴她经历人世风霜，拂之不去。至此，梅花妆被世间娇媚女子，争相效仿。而寿阳公主，亦成了梅花花神，在人间正月，风姿翩然。

梅妃江采萍有梅花姿容，清丽绝世，曾深得唐玄宗宠爱。后宫三千佳丽，多少浓妆艳抹，华丽万千，而江采萍却宛若淡妆素裹、清雅宜人的白梅，令人见之悠然忘我。

江采萍吟诗作赋，自比晋朝才女谢道韫，且精通乐器，善歌舞。江采萍爱梅如痴，唐玄宗为其所居的宫苑，栽种各式梅花，并称她为梅妃。花开时，多情君王与梅妃徘徊花树下，赏花作赋，吹白玉笛，跳惊鸿舞，虽处深宫，却宛若一对人间仙侣。

奈何花开年年，梅骨依旧，而梅妃却经不起岁月消磨，红颜渐老。后来便有了三千宠爱集一身的杨贵妃，有了一骑红尘妃子笑。梅妃遭君王冷落，独自守着她的梅林，与梅做伴。

傲骨清姿，不要人怜，纵是失宠，她亦不肯献媚于君王，博他欢心。独自在清冷的深宫写下《楼东赋》，诉说愁情。长门深闭，旧欢如梦，再觅不到昨日恩情。多少花朝月夜，只能掩面长叹，独自在楼东徜徉。

再后来，梅妃不愿出逃，死于叛乱，她是那烈性痴情的女子。有人怜她坚贞，将之葬于梅树下，终其所愿。唐玄宗于梅树下寻得其尸首，放声痛哭，命人在其墓地周围，遍植梅花，以寄哀思。

想来，如此高雅多情的女子，定然化身于梅花，落寻常百姓家。倘若可以选择，她再不要去深宫后院，得半世荣宠，又守半生凄凉。那个偏爱牡丹的大唐盛世，独她一袭淡妆，白衣婉秀，姿态明丽，有梅花的气节与风骨。长安城，她住了一生，却仅仅是来过，而已。

写及此处，我对梅又多了一分敬意。仿佛见到那位宛若梅化的大唐妃子，在暗香浮动的寂寞梅林，跳她最爱的惊鸿舞。梅花不惧霜雪，岁月又怎能伤她分毫，纵是老去，也可自赏，无须别人爱怜。

宋时的李清照也爱梅，她把梅花写进词中。一枝寒梅，伴她从烂漫少女，到美人迟暮，从北国到江南。梅花是佳人，也是雅士。宋人清雅，林和靖独守孤山的梅，带着一份与世无争的从容，朴素而超然。

我爱的，应是山野小梅，长于柴门篱畔，或驿路断桥，或寂寥山岭。风姿闲逸，不修边幅，冰肌傲骨，无须人怜。或被樵夫浣女采折，带回家插瓶。虽无诗词相寄，却也古拙雅致，意趣盎然。

我借山而居，朴实的瓦房，纸窗映了梅花，姿态天然，让人见之心安。本是乡野之人，闲时寄情文墨，亦只是为了打发光阴。梅开之季，取一古朴陶罐，折梅插瓶。有诗吟："山家除夕无他事，插了梅花便过年。"

宋人喜清供，犹爱梅花。有诗："偶得数枝梅，插向陶瓶里。置之曲密房，注以清冷水。肌肤若冰雪，寒极粟不起。岁晏且闻香，春深看结子。"

一枝梅花，何其有幸，得众生喜爱。纵是如此，她仍守坚贞，不娇不媚，寄身宅院，或是山野，都一样姿态。自古梅花冷艳且孤高，落风雪中，茕茕身影，不需绿叶装点，不与百花同步。她自身携带气质，蕴含幽香，无劳胭脂相衬。

　　佛祖化身千百亿，度世间众生。而我，唯愿化身一株山野小梅，倚柴门墙院，守候阳春白雪。一辈子，落落无名，不被雅士所折，亦不寄于文人笔墨。白衣纤姿，幽香自赏，余生平淡，岁月安然。

休对人言，
还期自赏

花开花谢春不管，拂意事休对人言；
水暖水寒鱼自知，会心处还期独赏。

南国的冬天来得总是有些迟，亦短暂，却也湿冷清冽，有些难捱。连日烟雨迷蒙，庭院里水木清华，只待黄叶落尽，梅花便开了。有几树蜡梅，倚石傍水，悄悄绽放，幽香透过小窗，漫溢于室内，时淡时浓，令人欢喜。

我喜梅花香气，高雅绝俗，不媚不妖。清风拂过，幽香入骨，你刻意闻之，反而缥缈难寻。这香味，每年深冬萦绕身畔，难以割舍。而几树老梅，无论有没有白雪相衬，始终不改姿态，洁净无尘。

雨日江南，又是寒冬，除了生火煮茶，红炉温酒，再无他事。这季节，有我最爱的冬笋，配上一只土鸡，几勺绍兴黄酒，文火熬煮一个时辰，汤浓味鲜。素食里，我最爱的，则是鲜笋，清脆爽口。翠竹的清香，融入这道菜里，芬芳怡人，回味无穷。

东坡居士有词："雪沫乳花浮午盏，蓼茸蒿笋试春盘。人间有味是清欢。"年岁大了，愈发喜爱人间烟火，岁月清欢。过往的人和事，恰似一缕游走的风，于我并无多少记忆。除了幼时那段山村的生活我铭记于心，后来年少读书，江湖奔走，皆已相忘，不必想起。

世事如浓茶，品多了自淡。曾经的意气用事，今时只觉荒唐可笑，虽如此不屑记起，终究是一段历程。光阴如潮涌，会冲淡一切，美好的，不美好的，走过去了，便不复存在。而我的心事，亦可如雨后春阳，墙角新枝，始终明媚而清新。

人说，梅花虽冷艳清绝，却总是孤芳自赏，傲慢自许。却不知，它独自寄身风雪，无可相依，虽得众生所爱，一段心事，几多幽怀，终难与人言说。千百年来，亦不过三两知己，对之不离不弃者，更是世间稀少。

《菜根谭》有句："花开花谢春不管，拂意事休对人言；水暖水寒鱼自知，会心处还期独赏。"春风无情，自在无羁，哪管得了花开花落。而心中不如意之事，亦不要轻易对人倾诉，失了气节。水中冷暖，鱼儿自知，何劳世人猜测。而做人，不该凡事喜形于色，独品即好。你所喜之事，所钟之物，未必是别人所爱。

"己所不欲，勿施于人。"万物众生平等，待人不必过于相亲，只要随和且尊重。切不可将自己不喜之事、不喜之物，强加于别人身上。每个人都是独立的自我，有属于自己的喜怒哀乐，以及生活习性，难以随意更改。

这些年，我忌讳人前流露情绪，诉说哀怨。遭遇困境，亦是独自承担，隐忍过去，怕给人添去繁难。天地山河无私，却也不能事事平正，命运总会有所偏失。若有不满，也不可人前念叨，心生埋怨。顺达时，多思及坎坷之事，则不会得意忘形。而处逆境，亦想着顺境时，亦不会落寞生悲。

人在世间行走，谁不是携风披雨，怎会一马平川。同样的阴晴圆缺，亦是冷暖自知。谁也不能替代你的人生，不可更改荣枯起落之事。人与人之间，多一些善意，少一点伤害，则是慈悲。多一些施舍，少一点索取，则有福报。

人世万般，皆有因由。对或错，得与失，善和恶，美与丑。若是属于自己的，顺应自然，不必相求，便与你同在。若非己所属，强行得来，必不久长。来时如烟，去时如风，连挽留的机会都不曾有。

多少愁肠，不与人说，并非自怨自艾，而是多说无益，徒添惆怅。那年困境，不得辗转，山穷水尽，时运不济。如若人前多言，又有何宜？世事风尘变幻，能做到自保，已是不易，怎可为你背负风雨？

走过来了，是幸运，走不过，也该认命。以往对人，亦有过索取，那些不劳而获、依附情感得到的好，如同幻梦，太不真实。唯盼早日成器，偿还宿债，但欠下的一份情意，却无以回报。

你不曾伴人失落孤独，不曾共过患难屈辱，又何以共享喜悦与荣贵？不曾风雨相知，冷暖相随，何以朝暮相守，共叙天长？许多事，不说反而可以平稳度过，道破了则难以持久。

我落魄时，不喜与人交言，非我谦卑自伤，而是深知不该。无人相欠于谁，你有何勇气，诉说凄苦？同样的世态人情，只因人的际遇和运气不同，而有了诸多差距。把悲当作喜，把怨当作爱，将失意且当如意，一切皆可释然。

文字于我，是与生俱来的喜爱，是不可割舍的情结。我虽不是孤芳自赏，却也不要人前随意流淌，刻意逢迎。山水之外，更有能者高人，我不过是千万中平凡的一个。

都说，一个有襟怀有气度的人，是见天地，见众生。他的心，该是辽阔无私的，绝不会藏隐于世，但期自赏。奈何人间浩瀚，能与之相知相惜之人太少。与之无关的事，权当戏看，只作书读。

你所有的不好，别人是唯恐避之不及。你的好，别人亦未必有所稀罕。红尘熙攘又深邃，只求做到不欠于人，不伤于人，已是对自己的宽容。而属于自己的那段心事，藏于花前，落于杯盏，乃至送给春风，只不强加于人身，都是好的。

我有了些许微名薄利，亦是倚靠众生而来。若说会心处，还期自赏，那文字中所书写的情感、流露的悲喜，又是谁人承受？可见万物相安，必有一段纠缠，想要水流花开两不问，清风明月各无关，也非易事。

人心敏感且脆弱，你走近了，多生猜嫌；一旦走远了，再不能回来。倘若可以选择，我甘愿如春风一般，潇洒无羁，懒管花开花谢。宁可做一枝寒梅，不问世间冷暖，只留一脉心香，给擦肩而过的路人，不落尘缘。

不对人言，是为了保留更多的善意和美好。但期自赏，亦是对自己的尊重与保护。烟雨淡薄，枯叶落尽，那些转身而去的人，渐行渐远。纵有徘徊流连，亦只是暂时，直到有一天，何处而来，便归往何处。

而陪在你身边的，是你一直觉得纷乱的红尘，是丢掷不去的烟火。与你经风历雨的，是漫漫流年，是杯盏中，永不缺少的茶汤。

岁月本长，忙者自促

岁月本长，而忙者自促；天地本宽，而鄙者自隘；
风花雪月本闲，而劳攘者自冗。

庄子《南华经》云："巧者劳而知者忧，无能者无所求，饱食而
敖游，泛若不系之舟。"我既非巧者，亦非智者，为何成日碌碌，忧
虑重重？无能者不是该无所求，安于现状，不思进取，寄情山水，戏
乐红尘吗？

这些年，把最好的光阴都给了文字，唯一的闲暇，不过是静坐品
茗，再无别事。就连太湖泛舟，园林赏花，亦是忙里偷闲。有时匆匆
一瞥，来不及坐下喝茶赏景，便急促归来。只因案几上，还有散落的
诗文，不曾写完。琴台上，散落的尘埃，留待我去擦拭。

有时亦不禁问自己，这般风尘不歇所为何？若是困顿窘迫，自当勤于耕耘，不可松懈。今时虽攀不了富贵荣华，却也衣食不缺，搁笔休闲，未尝不可。世间功贵无穷，所求也是无尽，唯有自我释然，才能潇洒解脱。

想当年，范蠡功成名就，选择急流勇退，和西施归隐五湖，泛舟烟波，逍遥自在。他曾写信给文种，道："飞鸟尽，良弓藏；狡兔死，走狗烹。越王为人长颈鸟喙，可与共患难，不可与共乐。子何不去？"

伍子胥成吴霸业，不知身退。后吴王夫差听信伯嚭谗言，赐死子胥。文种和范蠡一起，助勾践打败吴王，功劳赫赫。灭吴后，他自觉功高，不听范蠡相劝，为勾践所不容，终伏剑自刎。

独范蠡清醒，不恋朝政，不贪功贵。他化名姓为鸱夷子皮，遨游于山水之间，且几度经商，为天下巨富，三散家财。世人誉之："忠以为国，智以保身，商以致富，成名天下。"

《嘉泰会稽志》载："勾践索美女以献吴王，得诸暨苎萝山卖薪女，曰西施。山下有西施浣纱石。"西施有沉鱼之姿，被献于吴王夫差，吴王大悦，为其筑姑苏台，建馆娃宫。后沉湎酒色，荒了国政。越王勾践灭吴后，西施随范蠡泛五湖而去，不知所终。

在山水面前，哪管你曾是权倾朝野的贤相，也不管你是倾城倾国的美人。范蠡知功名乃春梦，富贵如烟云，他心系湖山，况得西施做伴，亦是无悔此生。而西施，也做回了当年苎萝村的浣纱女，再不管什么吴越之争，与范蠡终老山林，成就一段人间佳话。

回首，不知谁舞着水袖，歌喉婉转，唱道："苎萝山下，村舍多潇洒。问莺花肯嫌孤寡，一段娇羞，春风无那，趁晴明溪边浣纱。溪路沿流向若耶，春风处处放桃花。山深路僻无人问，谁道村西是妾家。奴家姓施，名夷光。"

奴家姓施，名夷光。我听罢心中触动，不禁泪流满面。想那数千年的女子，生得美貌非凡，温柔而深情。她本该做一名平凡的浣纱女，嫁与村里的凡夫，虽平淡却安逸。无奈生得太美，莫名地背负了复国的使命。

她被范蠡所寻，后教以歌舞礼仪，饰以罗縠，教以容步，习于土城，临于都巷。三年学服，献于吴王夫差。她的美色，令吴王日事游乐，荒废朝政。吴国灭，西施之功也。

唐人罗隐有诗云："家国兴亡自有时，吴人何苦怨西施。西施若解倾吴国，越国亡来又是谁？"吴越之争的硝烟早已散尽，这场恩怨与她何干。在吴国，她是红颜祸水。在越国，她成了越灭吴的功臣。

到底何为功？何又为过？

千古兴衰事，成了渔樵闲话。然若范蠡般清醒洒脱者，举世罕见，人间稀有。都知成者王，得享天下，败者寇，江山寂静。范蠡知世上君王之心，不敢贪恋名贵，他助越灭吴，所为的是国家苍生。后来归隐湖山，则为不负此生那场灿烂之战。成霸业者有，急流勇退者少。

《菜根谭》有句："岁月本长，而忙者自促；天地本宽，而鄙者自隘；风花雪月本闲，而劳攘者自冗。"奔忙者，有求者，不得闲者，皆是愚者。光阴漫长，天地宽敞，世事云淡风轻，则劳攘者纷纷，将原本简洁的人生，过得烦琐而冗长。

岁月也曾善待尘世的芸芸众生，给人以春花秋月，夏荷冬雪，不论贫富，皆可观赏。也有美酒佳茗，山珍野味，只需勤俭，亦是劳而可得。奈何多了贪念，忽略了知足常乐之理，困于名利之海，难以脱身。

久居红尘，又能全身而退，一尘不染者，有几人？一如当下的我，要进步，似有难度，要转身而退，也是不能。若心胸豁达，万事不拘，春花秋月推窗即见，清风流云不惹自来。况岁月纷繁，自有巧者多劳，天地浩渺，亦有智者多忧。

月满则亏，物盛则衰，天地之常也。我不过一世俗凡庸之辈，无功名利禄，更与兴亡盛衰无关，又谈何进，说什么退？天下大事，有德者居之。我胸无大志，年年笔墨勤耕，所求的也只是来日闲逸，不为岁月追赶。用些许文字，换取几两清风，讨得一碗茶汤。

到底是俗人之思，庸人之虑，才会这般不能来去自如。想着某一日，世景荒芜，而我重新飘零，孤身无寄，拿什么来支撑漫漫余生。想着人世福祸相依，风雨难料，怎能静享安闲，以图一时之乐，而不顾来日方长。

东坡居士尚有"长恨此身非吾有，何时忘却营营"之思。但他的襟怀雅量，早已超越世间一切束缚，万里山河，于他，真实可以依托，也如幻影，随时破灭。

故春秋战国五百多年，以功名始终者唯范蠡一人。整个大宋王朝，亦只有东坡一人，有此等高才雅量。余者，忧心劳神，纵得了功名，也终还了回去。亦有超脱者，预知结局，隐退山林，心中所系，仍是旧时江山，昨日故主。

人生本是不系之舟，遨游又如何，纵情又如何？天地万物，可以千万年不改，亦可瞬间变幻，留住此时此景，便是最好的。值此璀璨盛世，既没有背负天下的重任，更没有收复山河的使命，所有的营营，只为自我一人而已。

几多踌躇，几番思量，终也醒透。做一个无能无为的混世者，游荡于江湖，放逐于人海，有何不可？邀清风入樽，和明月相对，做一枝傲世的梅花，与白雪共徘徊，岂不乐哉？

万物，尘埃也。百年后，谁又能留名于世，谁记得，何人功，何人过？如此想着，豁然也。

人情世态，倏忽万端

人情世态，倏忽万端，不宜认得太真。尧夫云："昔日所云我，而今却是伊，不知今日我，又属后来谁？"人常作如是观，便可解却胸中罥矣。

今日大雪，南国一如既往，阳光清澈，温润和暖。我将茶台置于阳光下，起了炉火，煮一壶经年普洱，慢慢品味。几本闲书散落在桌案上，浅淡的琴曲若无若有，虽无雪落，亦觉当下之境乃人间美妙之事。

有美景，还需有闲心，有佳茗，还需要那懂得之人。人生得遇一知己足矣，而佳茗却要迎合万千众生，想来实属不易。万物有主，造化有情，许多事早已安排，无须刻意为谁去改变自己。

懂茶之人，深知慈悲喜舍。爱梅之人，自怜它冷艳冰心。喜好诗词，亦是懂得其间的平仄韵律。爱那人间烟火，更是知晓世情风霜。若用一颗有情且寻常之心，看人间万端之景，则不会有那么多的遗憾与残缺。

在这叫作大雪的节气里，听闻北国有雪，心生羡慕，万里之遥，也仅仅是一种念想。所谓："良辰美景奈何天，赏心乐事谁家院。"各地风光不同，各家庭院也是风姿万千，而看风景的人亦是不同。

一场大雪，落在寻常巷陌，百姓人家，是喜悦，是丰年。一场大雪，可以唤醒沉睡千年的长安，重现大唐盛世之景；亦可以打开紫禁城的门扉，走进高墙深院，看那场远去的王朝遗梦。

历史的厚重，让人心生悲凉，亦满是柔情。当年若无安史之乱，唐明皇和杨贵妃想来仍自在长生殿耳鬓厮磨。他吹笛弄箫，她舞一支《霓裳羽衣曲》，长安雪落，天下太平。高力士风光不减，李白也有诗可吟，就连梅妃的小院，也不似平日那般冷清，处处可闻梅花的消息。

江山的兴废，朝代的更迭，与杨贵妃何干？她只是一个柔弱女子，愿与所爱之人，长相厮守。她唯一的错，是她爱的男子，不是寻常凡夫，而是一代君王。马嵬坡前，她从容赴死，不想他为臣民所迫，失去帝王的尊严。

她虽安享过盛世的荣华与尊贵，又是多么的无辜，为她的身份付出了悲惨的代价。那时，唐玄宗亦感受到身为帝王的无奈，他纵不要帝位，不要江山，也保全不了自己心爱的女子。看着她死于自己面前，无力挽救，只能遗憾终生。

关于杨贵妃的故事，长安几场雪落，便覆盖了历史的真相。谁又知道，千年前到底发生过什么，马嵬坡上，又是怎样纷乱的场景？六军不发，帷帐内，一对有情人执手相依，掩面而泣。

他曾浴血战场，刀光剑影，所向披靡。他君临天下，万民景仰，无上荣光，当下却是这般脆弱无助。她国色天香，挥舞水袖，长安的月色亦为之失颜。这时的他，只是一个失了天下的、可怜的白发老翁，而她花钿委地，无人收管。

白居易的《长恨歌》有记："九重城阙烟尘生，千乘万骑西南行。翠华摇摇行复止，西出都门百余里。六军不发无奈何，宛转蛾眉马前死。花钿委地无人收，翠翘金雀玉搔头。君王掩面救不得，回看血泪相和流。"

读罢不禁唏嘘，心有不忍，却隔了时空，何以慰安。世间事，看似平淡无奇，却又瞬息万变，捉摸不透。若一生平稳，无有大的波涛，则是幸运之人。若遇朝代更迭，战乱纷飞，亦只是平常。

今日再读《菜根谭》，有句："人情世态，倏忽万端，不宜认得太真。尧夫云：'昔日所云我，而今却是伊，不知今日我，又属后来谁？'人常作如是观，便可解却胸中罥矣。"

想人世无常，千姿百态，今日之景，非昨日之景，更不是明日之景。虽说过客往来，所演绎的无非是悲欢离合，生老病死，却各有滋味，万般辛酸。一如北宋尧夫说，从前所云的我，今天已成了他。不知今天的我，将来又会成为谁呢？

若胸中有许多不解的牵绊，时常这样一想，只怕也可释怀。后来的唐明皇回到宫殿，独对冷月红烛，心中再无意江山。偌大的长安，无一人可知他相思情浓，誓言犹在，音容渺茫。从前的贵妃，去了何处，化作他人，又与谁续一段情缘，重演一场爱恨。

只怕是落于长安某户农家小院，做一个平凡女子，嫁与凡夫，日子清好简约；又或是辗转至江南，做了烟波画船上的一名歌女，看罢百态众生，心中无情无怨；又或是投生于某种植物，再不转世为人，免去生死之苦。

人情世态，倏忽万端，何必分辨太清，认得太真。人的一生，是不断在经历，不断地拥有，又不断地放下。若懂得取舍，放下心中的挂碍、心中的执念，方能少一些遗憾，多一点喜乐。

历代君王，千古圣贤，都不能随心所愿，更况是你我寻常百姓。衰草枯杨，断垣残壁，曾经也是歌舞场。黄花阡陌，冷落荒台，当年也是大明宫。如今，盛衰兴亡何在？帝王嫔妃何在？只有这万千臣民，行走于熙攘的世间，不知何处而来，亦不知去往何处。

因为无常，故当下的一切，都倍觉珍贵。天地间，有成则有败，有起便有落，花开花谢，月盈月亏，若是通透了，就不会过于坚执。青山绿水，碧云长天，这些永恒之景，千秋万载，不会转移。而人之生死贫富，可谓瞬息变幻，唯一能做到的，则是修身养性，不劳心伤神。

心性澄澈，则万物明净，没有纷芜，何来变幻，何来取舍？窗外，不过一花一叶。眼前，唯见一书一茶。那些离我遥远的长安旧事，乃至那个叫杨贵妃的女子，也只是心中掠过一片浮光。若她转世，愿她平凡简单，安乐吉祥。

千年前，李白为她作诗："名花倾国两相欢，长得君王带笑看。解释春风无限恨，沉香亭北倚阑干。"多么美好的景象，依稀看到名花与美人相得益彰，君王与贵妃厮守缠绵。任山河变迁，世事更换，纵有无限怨恨，亦可消解。

　　岁月百转千回，这一世，我还是我，你还是你。江南的雪，亦会不期而遇，那时天地清白，风烟俱净。而我们，无论身在何处，有过怎样的际遇，终会相逢。

百般不计，但求清闲

夜眠八尺，日啖二升，何须百般计较；
书读五车，才分八斗，未闻一日清闲。

这个冬天，困于斗室，煮茶写字，强作修行。此季节不适宜游走山水，万物一派凋零之态，怕触之徒添惆怅。况有藏茶数捆，等我品饮，有文书一册，待我写完。

心中有事记挂，何以轻松放下。人世万千风光，只好暂且搁置。待来年春暖花开，再去游园，看如梦山河，赏良辰美景。

行文写字，虽是我所喜，但亦时有倦意。思绪轻灵，文字如行云流水，落笔成章。若文思枯竭，则觉万物无趣，皆成了负累。谢灵运曾说："天下才有一石，曹子建独占八斗，我得一斗，天下共分一斗。"

可见，分到我之处，真是如丝如缕，不值一提。《菜根谭》写："夜眠八尺，日啖二升，何须百般计较；书读五车，才分八斗，未闻一日清闲。"无奈我沾了这点虚名，读了几载诗书，故不得一日清闲。

经常自我劝说，待写完几册书，便归隐山林，不问世事。守几畦菜地，栽一些果蔬，简约度日。柴门草庐可寄身，豆腐青菜味鲜美，这百般劳碌，费尽思量，究竟所为何？若当初些许认识几个字，亦无书读五车的烦恼，更不必如此伤神，一字一句，苦心熬煎。

自与文字相知，果真是无一日清闲。赏景看花，脑中也浮想着文字。静坐喝茶，亦酝酿一种情境。纵有时懒散，诗书蒙尘，也不曾真正停歇。连日来，断断续续，若有若无，总与文字解脱不开。

待择日去了湖畔，幽居山林，但愿我能做到荒了笔墨，侍弄花草。只要置身红尘，不免为俗事所累，偶有偷闲，都心存愧意。怕光阴匆急，怕错失良机，怕一旦搁笔，再找不到文中意趣，书里山河。

佛说："因爱故生忧，因爱故生怖。若离于爱者，无忧亦无怖。"我与文字，向来缘深，故有太多寄望，有忧虑，有不舍。又不敢执着，怕陷入太深，心有惧怕。世间至情之物，难以久长，花无百日好，月无长圆时。

念及此，既想早日归隐，只读书，不写字，只养花，不费神，又想珍惜当下好光景，不负苍天厚爱，得此机遇，让存在多几分意义。否则，世间匆匆走过一遭，空空而来，百年后空空而去，亦是一种缺憾。

想到李清照晚年时，幽居深院，怕见春光。元夕佳节，本是香车宝马，火树银花，她是试灯无意思，踏雪没心情。一个人，经历太多世事变迁，便会心生倦意。对万物不再情深，对人情无多留恋，对将来亦不奢求。

李清照乃大宋第一词女，千古第一才女。她的人生，虽不是锦绣如织，却也十分幸运。父亲李格非乃苏轼学生，藏书万卷，李清照自幼耳濡目染，加之她冰雪聪明，才情过人。

李清照少女时期烂漫天真，快乐无忧。后嫁与赵明诚，共同致力于书画金石的搜集整理，琴瑟和谐，恩爱情深。早年她的词作，言语婉转清丽，悠闲从容。后赵明诚亡，山河飘摇，她流离奔波，词作则多感怀际遇，格调哀伤。

可见，行文者，难免被境遇牵附，为世情转移。她本生在一个最风流雅致的时代，她的词作，在大宋山河之下，而春风得意。她的家世，容许她肆意挥墨，不必收敛。她的情感，有人呵护，赌书泼茶，千载难遇。

后来，独自载着文物，飘零流转，也是悲苦。以她的才情与聪慧，要养活自己，甚至让自己过上优雅的日子，其实不难。奈何，她不能割舍那么多的书卷字画，携之跋山涉水，几多狼狈。而她珍之如命的书画，或被焚毁，或遭偷盗，或莫名遗失，到最后，一无所有。

她如梦初醒，叹道："三十四年之间，忧患得失，何其多矣！然有有必有无，有聚必有散，乃理之常。人亡弓，人得之，又胡足道！"万卷藏书，数车书画，一生所爱，付诸东流。经历过了，也不觉得如何，是救赎，更是解脱。

若盛世锦年，藏书无恙，亦有一日终要散失。一如她和赵明诚的那段良缘，纵便与之携手白头，也不过是一生。倘不经世乱，不历沧桑，她可还是当年日暮溪亭，误入藕花深处的无邪少女？

她杯盏的酒，该是几多甜蜜，几多醇香，亦不必借它来抵挡晚来风急。更不会有"冷冷清清，凄凄惨惨戚戚"之句。所幸，在她迟暮苍颜，一无所有时，尚有文辞做伴。多少寂寞，几多孤苦，绵绵无期，终有尽时。

古人云："矜名不如逃名趣，练事何如省事闲。"当年李清照词文绝妙，风华汴京，得多少才子佳人仰慕。历史上那些逃名者，多是雅士高人，因曾拥有过名利，寄附于身，才想着逃离。而从未得功名者，何必躲藏，又逃之何处？

名利可有，但不必过盛。微名胜过无名，薄利让人活得从容，胜过囊中空空。入世无须避世，做一个纯粹坦荡之人，可巧妙地用取名利，远离纷繁。这未尝不是一种处世之道，淡泊而无争，有名或无名，形式而已。

世事人情不必练达，简洁便好，繁复则易生嫌隙。多一事，莫如省一事。几番争夺，到头来所要的不过是一座宅院，些许吃食。而学问无止境，纵使一生忙碌，不肯偷闲，仍只是和天下人共分一斗。

做个山野闲人，不留名于世，只为了取悦自己，该是好的。想着，不久一日，我放下笔墨，倚山而居，享半世清闲，多好。不必逃名，时光会冲淡一切。那时，眼底尽是草木，心中皆是山水，与谁计较？计较什么？

　　以往总说岁月无情，其实岁月一直如此，未曾改变，是人心走远了。

世路茫茫，
随遇而安

释氏随缘，吾儒素位，四字是渡海的浮囊。盖世路茫茫，一念求全，则万绪纷起；随遇而安，则无入不得矣。

晨起读白居易诗："闭目常闲坐，低头每静思。存神机虑息，养气语言迟。行亦携诗箧，眠多枕酒厄。自惭无一事，少有不安时。"觉疏朗静谧，天地清澈。但凡简约之物，都有一种禅意，明净而悠远。

白居易仕途之路并不顺畅，有失意不得志，仍可怡然自处。为涤人生烦恼，他以妓乐诗酒放纵自娱。晚年信佛教，号香山居士。后来白居易得了风疾，于是卖掉了那匹喜爱的好马，遣散他心爱的樊素和小蛮，让她们去嫁人。想来，凡尘再无一事，可牵绊于他。

"两枝杨柳小楼中，袅娜多年伴醉翁。明日放归归去后，世间应不要春风。"世事人情，看透了只觉乏味，放下了方是解脱。他本多情人，被贬江州司马，邂逅长安的琵琶歌女，与之惺惺相惜。一句"同是天涯沦落人，相逢何必曾相识"情真意切，扣人心扉。虽是风尘知己，却比与他朝夕相伴的侍妾，更有一番情意。

"释氏随缘，吾儒素位。"佛说随缘，万事顺其自然，不可强求。儒家的素位，则是遵循规律，安守本分，不可贪念身外之事。处事若可做到随缘和素位，内心清和，便不会迷惘，世事明确，亦不至于糊涂。

每日独对文字，难免生怀古之思，又不可情意沉陷。有时为解心中繁难，便坐花影下，煮一壶茶，暂且忘忧。有时坐蒲团上，静静读经。虽难知其间深意，却总能在些许字句中，得以超脱。

"诸法因缘生，我说是因缘。因缘尽故灭，我作如是说。"人世无常，万物有生有灭，生者必有尽，聚则有散，荣则有枯，实乃常理。人生亦因有缘，才有存活的乐趣，若万缘皆尽，恩怨尽消，谈甚喜？又说甚忧？

幼时山中伐薪，茶园摘茶，落日月山川，见奇珍异草，心底辽阔无边。那时嚼菜根觉香，着素衣觉美，天下万般都是好的，一花一叶都有情分的重量。纵有欲求，也是合情合理，但有痴念，亦是纯净无私。

不似现在，一念求全，则万绪纷起。若像初时那般随遇而安，无可挑拣，当下之境，亦是悠然自得，何以困顿难脱。因为太满，总想着删减，而所得的一切，又不忍失去。

若从来不曾离开那座村落，所到之处，最远的也只是隔了几重山的小镇。看不到世路茫茫，亦不见纷纭之景，日子重复着一种简单，天然不知世故，平静而无有沧桑。

一如外婆，漫长的一生，守候在柴门小院，相夫教子，百般不求，何来万绪纷起。她不识字，对着佛只念得了，阿弥陀佛，大慈大悲。恰似这轻浅之语，有无尽意味。她吃斋念佛，是内心的一种信仰，不需要觉悟，亦不必执于放下。

与她相关之物，十分简洁，不可缺少，也不求多。一世只历一段情缘，只为一人红袖添香，煮饭浣衣，与一人白首，也不必说爱与不爱。数十年风雨相守，仍是当时的新妇，养兰栽菊是她，汲水煮茗是她，只不过堂前廊下多了一个新人。

以往许多事，我皆不以为意，记着初心不改，此生无论走到哪儿，都是当年的自己。却不知，这一叶轻舟，已过万重山，人世几多流转，我怎能一如既往。虽也不喜与人交言，却把所有心事，给了诗文。做不了旧式女子那般柔顺安静，守着闾巷炊烟，端然起敬。

想起贺知章的诗："少小离家老大回，乡音无改鬓毛衰。儿童相见不相识，笑问客从何处来。"这种久客异乡之心境，我亦是懂得。我虽少小离家，却年年归去；于他们，我是熟悉也陌生，常有那种笑问客从何处来之时。故园的人情风物也在改变，只不过比之外面的世界，要缓慢一些罢了。

只有老一辈的人，守着草屋一间、枣树一棵，不问世间山长水远。他们用古老的灶台煮饭炊茶，炭火里都是人世的温暖，一粒米都有生命的重量。平凡耕织，辛勤劳作，只为填补寻常日子。他们的一生，没有大志，也就没有成败，连选择都没有。

日子简明且安稳，若有客至，一顿丰盛的菜肴招待，之后回到初时。来客所讲述的外界风云，听过即忘，心里一丝涟漪也没有。因为不曾见识，也就无以想象，更不染情感。茫茫世路，于他们，空旷清明，豁达无遮，于我们，却是逶迤曲折，飘忽浩渺。

其实，我们心底的桃源，千百年来，就是世俗人家。昼长人静，风日闲淡，在他们漫长且沧桑的岁月里，不曾改变。而我们，走得太远，拥有许多，也失去了许多。既已如此，亦不必说抱歉，一切顺应自然，或许又会有新的境界。

许多念头不能想，一想便停不下来，千丝万缕，不知何以解脱。多少人，不缺才华，不缺阅历，因为所求太多，奔忙一场，终一无所获。人生的确不宜太真，凡事适可而止，多些留白，反而更有空间。

古往今来，无论是佛经也好，唐诗宋词也罢，有几人，一字一句，读到心里。写字之人，或含蓄内敛，或恣意张扬，只要随心，皆是可以的。人生的境界，不就是花开流水两无碍，桃李春风各洒然。

凡尘碌碌所为何？兴衰成败，但为一事，喜怒哀乐，只为一人。若真是如此，也未尝不好，纵时光兵荒马乱，心思也是静静的。想我以往，茅檐陋室也能安住，素衣淡饭也觉知足。当下前庭有花，后院种茶，些许小事，何必执于求全？

至于故园的草木，与今世早已诀别，那些人情，亦是过往。回去也好，不回去也罢，机缘天定，随遇而安，游子之心自有一种依靠，不再飘零。懂得随缘，无情亦作有情，知晓素位，谦卑也是大气。

斗室中，万虑都捐，说甚画栋飞云，珠帘卷雨；

三杯后，一真自得，唯知素琴横月，短笛吟风。

世路多风霜，每遇困阻，或不顺达之事，便读一遍刘禹锡的《陋室铭》，心思开阔，苦亦不觉。陋室虽小，有苔痕上阶绿，草色入帘青，不受外界惊扰，可以煮茶待佳客，亦可"调素琴，阅金经。无丝竹之乱耳，无案牍之劳形"。

古人安贫乐道之高洁心性，比之今人，更有风度和境界。想当年诸葛先生隐居草庐，以待明主，一展抱负。若今生皆不可遇，亦是无妨，宁可一生平淡，也不同流合污，丢了气节。世间更有许多真隐士，淡漠功利，于山水间潜心修学，坚守品质。

许多人，一生与功名富贵无缘，却百般强求，落得思虑浓重，苦不堪言。亦有一些人，但求心意自然，得人赏识，或寂寂无闻，不为所牵。真正有修为之士，可做栋梁，支撑起一片河山，不骄不躁；可做尘埃，一吹即散，无有怨悔。

我虽不才，却有着读书人的清洁，好些事皆不可将就。养兰种梅，喝茶抚琴，都宜心淡，认真则少了自然，失了韵味。兰居幽室，不必雕檐画栋，草屋竹舍也可安住，唯求简洁。品茶要意境，更要闲心，瓦屋一间，案几一座，其余的摆设，可有可无。

古人云："斗室中，万虑都捐，说甚画栋飞云，珠帘卷雨；三杯后，一真自得，唯知素琴横月，短笛吟风。"陋室狭小，却足以抛弃万千尘虑，说什么画栋飞云，珠帘卷雨。痛饮三杯，怡然自得，亦不管素琴横月，短笛吟风。

若非智者高士，亦无此等佯狂洒脱之性情。世上再没有一个朝代，像魏晋那般风流潇洒，也没有一个朝代如盛唐那般气象风云，更无如宋朝这样婉转多情。然风雅之士、旷达之人，从三千年前到今时，从来不缺。

自古文人多洒逸，想要理性端然，千依百顺，那是不能。纵是守着茅檐斗室，亦不缺风流灵性，可绘富贵繁华之画卷。想当年曹公写

《红楼梦》，居陋室中，却描绘出一座富丽堂皇的大观园。其间亭台水榭，飞檐流阁，佳木葱茏，奇花闪烁，清溪泻雪，石磴穿云。落笔之处，皆是风景，亦是人情。

本是诗礼簪缨之族，享受过一段锦衣纨绔、富贵风流的快活岁月。后家道败落，典房卖地，仍无以为生，一度过着"举家食粥酒常赊"的困窘日子。纵物换星移，又有何妨，他索性隐居西山，闭门著书。

贵贱荣辱，悲欢离合，他都经历过。曾经拥有的，虽只是一场黄粱梦，却得以在文字中重现。心中豁达，纵居斗室，也可见辽阔山河。一支笔，一盏茶，一杯酒，可邀明月，可寄清风。

幼时初识红楼，皆从外公那里听闻。外婆不识字，却喜红楼，外公于酒桌上，频繁叙说，耐心解读，深得意趣。他们的一生，没有离开村落柴门，亦只能从书卷中，想象富贵人家的雕楼画栋，流光溢彩。

一如初进大观园的刘姥姥，也算阅尽风霜的老人，却不知人间还有这样的花花世界。纵是如此走上一遭，也不知修了几世，才有这等福分。后来拿了几十两银子，回了村庄，买田买地，仍自过着百姓人家的日子，安稳踏实。

大观园的景象，于她而言，不过是海市蜃楼，转身即是前生，何来流连忘返。于未曾见过繁华的外婆而言，连梦都不是，她的人生，朴素清白，什么故事都没有发生。

外婆幼年也享过富庶，后嫁人转而清贫，直至暮年，依旧是寒门之家。这其间的变迁，与曹公乃至许多殷实之家相比，不值一提。而外公更是自幼便守着祖上的几亩薄田，几间瓦屋，从来不知富贵为何物。

外公是乡间的读书君子，祖上也有过功名，到这一代，早已没落。柴门小院，粗食素衣，却不可悲，自得清欢。且外公是个豁达正直的人，他一生所爱，只是诗书几卷，陈酒一杯，世间一切荣辱皆不落于身。

他虽无高才，却有雅量，虽无斐然文采，却也熟读警世名言。记得晚年，外公得了老年病，万事不知，每日手捧旧卷，不管红尘变迁。谁也不知，他在看什么，又读进去多少。但他可以搁下冗繁的万物，却离不得半刻诗酒。

夜幕来临，外婆在厨下生火，煎炒菜肴，瘦弱的身影，令人见之心安。外公端坐案前，饮过几盏老酒，便开始重复地讲述那几段陈年旧事。他的世界，很单调，只有过往，没有今天。他的世界，很宽阔，是无边无际的从前。

当真是，斗室内，万虑都捐。三杯后，一真自得。外公只有喝酒时，才让人觉得他是清醒的，往昔之事，一桩桩他全记得，且丝毫不糊涂。病后这几年所发生的事，于他若一张白纸，不曾记得，何来相忘。

人世的沧桑，不能伤他分毫，而清醒的外婆，却有诸多委屈，难以言说。有时想着，父亲虽一生也只是古卷陈酒做伴，却背负了太多沉重，不及外公那般通透豁然。且父亲灾病太多，而外公身心无虑，故而得以长寿。

人生的阅历，并非要悲欢离合皆尝。一个人的襟怀，也并非要是非恩怨过尽。又或是各人际遇不同，修行也就不同。外公虽只是寻常农人，一生耕种，家宅平安，未经流露忧患之苦。他的世界是平和的，他的人生便也深稳，晚年的糊涂，亦比别人有福气。

思虑过重，则烦恼频生，不可收敛。纵处亭台楼阁，也形如虚设，到底心思不安，空落难填。美酒肴馔，不及乡间桌案上的野茶时蔬，让人舒坦无忧。

夜幕下，城市高楼取代了瓦屋炊烟，早不见，当年的流水人家，曲曲小巷。窗外灯火迷离，让人心生怅然，谁还管甚陋室茅檐，画栋珠帘！又管甚素琴横月，短笛吟风！

待有一日，我亦是要放下笔墨书卷，不要这庭院深深。那时，斗室里做针线，井边汲水浣衣，一壶香茗，一杯清酿，岁月温柔，山河慈悲。

遍阅人情，
备尝世味

遍阅人情，始识疏狂之足贵；
备尝世味，方知淡泊之为真。

　　窗外，繁华瘦减，黄叶铺径。室内，茶汤清澈，炉烟袅袅。活到
一定年岁，再不愿背上行囊，游荡山水，亦不想与人交往，为谁而更
改心情。只盼日子清简，质朴无华。在自己的世界里，洒脱疏狂，淡
泊从容。

　　"拟把疏狂图一醉，对酒当歌，强乐还无味。衣带渐宽终不悔，
为伊消得人憔悴。"年少喜爱柳永的词，伤感多情，强说愁怨。也曾
对酒当歌，疏狂大醉，也曾为人憔悴，衣带渐宽，如今想起，恍然若
梦，着实不该，亦到底可笑。

　　谁年轻时不曾犯过错，奈何我知错不改，几番重蹈覆辙，直至伤痕累累，方知悔意。若光阴倒流，许多时候我仍会意气用事，不管不顾。纵算现在，若遇事，我还是会慷慨解囊，从来不过问自己。

　　故而总想着避开一切纷扰，不沾惹情缘，煮茶养心，守一院花开。我知，有修为之人，纵处乱世亦可清心自在，无须远避尘嚣。我有悟性，却无定力，且一颗凡心，无力抵挡喧嚣。更况心思过于细腻柔软，别人几句话语，便可摧毁一切坚强。

　　尝过人情世味，知众生不易，有情者不易，清贫者更不易。你诚心待人，悲悯苍生，别人未必觉你是纯粹无私。你远离纷扰，离群索居，世人又觉你孤僻傲慢。穷了，一钱看势力；富了，半纸薄人情。

　　犹记独自飘零江南那些年，卖字为生，虽算不得潦倒，但也真的窘迫。日子清寒，生活拮据，我生性爽朗豪气，却迫于困境，不敢有些许的奢侈。素日困于斗室，写一些不为人赏识的文字，失意，也无奈。

　　每逢年关，心中忧惧，怕囊中羞涩，怕功名未成，更怕孑然一身，何以归去见年老的父母？时间一再拖延，非到年前几日方肯乘车返乡。为怕父母心忧，归时用平日积攒的银钱，买一套鲜亮的新衫，带上几盒礼物，虽不是衣锦还乡，亦不能过于落魄，让街坊邻里笑话。

几千里路程，廉价的车票，简单的行囊，身子柔弱的我，经旅途奔波，到家中已是疲惫不堪。母亲见我形容憔悴，不忍泪流，我假装轻松洒然。她心痛道："这又是何苦，非要千里迢迢孤单去往异乡，这故里的山水，就喂养不了你吗？"

我强忍泪水，笑道："江南山水比家乡的多一份灵气，我在那里写的文字，亦是美好的。"她一生未离开这座朴素的南方小镇，未曾见过烟柳繁华所，不经温柔富贵乡，何以知道其间的曼妙与风流？

而我，以过客的方式，在江南漂泊多年，不曾沾染它与生俱来的富庶与华贵。尽管现在，我拥有了属于自己的庭院屋舍，依旧只能徘徊，时常心生零落之感。心中所念的，却是当初决意远离的故里，是那里的一瓦一檐，一草一木。

年关又近，我仍旧近乡情怯，虽不再落魄，有些许成就，亦可以坦然面对父母；却到底内心有愧，多年在外，无以回报他们的恩德。况前年父亲仙去，母亲多病之身，药草养着，何以让人心安。

我开始学会善待自己，买好的车位，行囊齐整，装扮干净。母亲知我当下处境，亦不像往年那般愁容不展。尽管如此，她夜里辗转，仍是千里之外的我，是否身体康健，事事顺意，有无烦恼，可曾平安。

她说，下辈子她还要做我的母亲。我欣然点头，心底已是泪流不止。多年前，母亲怕我孤身在外，过于节俭，每次出门前都要塞给我一沓银钱，清贫如洗的我，何以拒绝。如今，我有足够的银钱供养父母，奈何父亡母病，不胜凄凉。

母亲一如既往地节俭，不会因为我的争气，而有些许的奢侈。她总是告诫我，人世繁华，不可贪恋，淡泊宁静，平安吉祥才是福。人情冷漠，内心疏朗，良善宽容方为贵。我是叛逆的，言语或有反驳，心中却是万般认同。

我给她的银钱，她省俭不用。我买一些她素日不识的物品，她视之珍宝，时常拿出来与邻舍分享，她因有我这样的女儿而骄傲。世间每个母亲都这样对待儿女，她只是千万中那平凡又伟大的一位。

若非母亲思想开阔，豁达乐观，我亦不能多年研习文字，不问世事。或许早已依顺了世俗，谋得一份糊口的职业，过着相夫教子的平淡生活。然而，这样的生活，不正是母亲心心念念所期盼的吗？

可惜我与那样的生活，背道而驰，渐行渐远，再要回去，终是不能。如今的我，也是平淡，也是庸常，又似乎有无以填补的缺憾。有些得到，实非我所想，有些错过，亦是我不能挽回。既已如此，也无须追忆过往，一切所得所失都是我自己。

母亲的心思我都懂，当年懂，如今更懂。纵是为了让她心安，我亦会千万爱惜自己，不劳她忧心牵挂。人生虽有许多不如意、不完美，但总能得过且过，远胜于当初寄人檐下的孤苦。

况我有了经历，遍阅人情，备尝世味，又怎会不知何为贵，何为真？且不说旷达，清心是一种修养，洒脱、恬淡亦是我本性。我诸事不与人争，也不计较，凡事但求问心无愧。

事过境迁，昨日的酸楚，我自是不愿于人前提起；当下的好，也从不炫耀，亦无炫耀的资本。偶尔在母亲面前，不经意说起当年的往事，以为自己早已释然，毫不在意，却总是泪流满面。说过，又觉后悔，人世原本无常，我为何不假装糊涂，让自己淡然处之。

闲时，读古人的寄世之语，也解一时愁闷，慰半晌风雨。这尘世，本无以为寄，无处藏身，若自己心性拘谨，不够明敞豁达，何以释怀。

或有倦意，一番休整，又是满目山河，一园春色。

少事为福，
多心为祸

福莫福于少事，祸莫祸于多心。唯苦事者，方知少事之为福；唯平心者，始知多心之为祸。

人世间最大的福气，是一生无事，云淡风轻，又或是遇事可心平气和，波澜不惊。而许多祸端，缘起于多疑、猜忌。若安于寻常，甘愿平庸，对生活多些热爱，少些抱怨，于人生多些喜乐，少些忧惧，经年累月，便可积攒福报。

成日苦于俗事之人，深知清闲散漫，是福。而静如止水之人，亦知多心顾虑，为祸。红尘嚣嚣，想要远离是非，遗世独立，到底不能。然安守在自己的陋室内，不惊扰于人，顺从世事，亦可省略许多纷扰，免去一些祸端。

上午，接过母亲电话，那端的她竟呜咽啼哭，似受了天大委屈，无以倾诉。后问及方知她与哥哥拌了嘴，虽说只是微不足道的小事，于她却有如天塌地陷。

母亲是个性情爽朗之人，大气慷慨，不拘小节。骨子里却是多愁善感，坚韧好强。素日病痛缠身，变得敏感多疑，犹恐被人嫌弃，丢了尊严。父亲去世后，她比从前更为孤单，白日里和影子做伴，心中忧虑万千。

年轻时，母亲贤惠淑婉，睿智聪明。家中大小事务皆是她打理，俨然不像寻常的乡村妇人。虽不是富庶之家，父母几多勤俭，足以宽裕度日。而母亲，便是那掌权之人，银钱归她所管，亦由她支使。

镇上父亲开的药铺，也是母亲费心料理。父亲只管问诊开方，抓药等一切事宜皆交给母亲。所需之药，所缺何物，父亲不必过问。这或许便是巧者多劳智者忧吧。母亲一生操劳，买卖房舍，供养我们读书。这个家，她功不可没。

晚年本该闲下来，安享清福，又遭病劫。之后，身体一直不得康复，被药草养了这些年，忽好忽坏，时悲时喜。母亲在我心中，是个吉人，只觉世间一切劫难落不到其身。竟不想，世事无常，晚景也是凄凉，让人哀伤。

　　我心中有愧，如今的我，亦算是梦想成真，诸事如愿。可种满山的梅，也居庭台水榭，可邀明月共饮，可与山风品茗。数十年风尘，孤影耕耘，换取了现世安稳，当是值得。

　　母亲为我高兴，我却将她搁置在故园，不管不顾。她要的，不是我供养的银钱，而是一家人朝暮相伴。非我无情，而是千里之遥，我自是不能再回去，而她尚有放不下的牵挂。如此耽搁，年复一年，她慢慢老去，不知还有多少时日，可以等候。

　　万事于我，无多妨碍，亦可以心平。独此事，成了心结，几多难处，不知何以释怀。我知，有一日母亲会离我而去，而我将陷入无尽的追悔里。一如父亲的离世，那么突然，不给丝毫的机会，容许我弥补。

　　如若母亲身体康健，素日与邻舍相邀，聚集一处嬉乐，闲说家常，亦未尝不好。人到晚年，万事皆休，再不必打理山河，不用操劳家务。冬日生炉取暖，做些美好的吃食，慰劳自己。待到春暖，亦可沿着河畔，看一江春水，赏一场姹紫嫣红的花事。

　　人生无事便是福，心宽可避祸。除了生死，确实无别的大事。母亲也不是多事之人，一生与人交好，亲疏又有分寸。只管自家风雨，不论他人是非。她将日子，过得那样简洁有情，我自叹不如。

　　我并非内心强大之人，遇事虽无惧，却做不到风过无痕。我极不喜参与别人的事，更不喜闯入别人的生活，惊扰别人的岁月。同样，也不愿意谁走进我的世界，距离让我心安。但凡有一两个知音，亦是遥遥相望，更有素未谋面者，隔了山水，反而相惜。

　　母亲比之我，更有烟火情味，她的生活，才像日子。我文人姿态，自视甚高，又甘于低微。真正有福之人，是安于平淡，不多求取，也不敏感多心，自身清好，不沾悲惹怨。穷得有骨气，富得有风度。

　　母亲总说，有一室安住，银钱够用便好。她劝我，早些放下纸笔，也不要什么庭院，不要什么梅花。居于当下静室，守着安稳年岁，哪管凡尘风雨变迁。日子省俭着过，不奢侈放纵，应也可以平然到老。

　　而我劝她心宽，有老年人的姿态，凡事不落于心，也不会有怨。经年老病，自己细心料理，每一日都要加倍珍惜。若心思开朗，不哀不悲，病痛也能减轻。我忽略了，日子是自己在过，冷清的母亲，何以承担那许多漫长的孤寂？

　　往年这时，母亲忙于厅堂厨下，晾晒干菜，腌制腊味。多少琐事，经她一打理，皆齐整有序，有模有样。她的人生，原本是一幅绝妙的烟火画卷，平淡且喜乐。如今，她疲于一切，每日愁思病痛，唯求轻松。

无事是福，而有事可忙，也是一种幸运。母亲宁愿像年轻时那样忙碌不停，日求三餐，夜求一宿，身体无恙，世事稳妥。可生老病死乃世间常理，千万年的岁月里，谁人得以摆脱？

莫说是已过七十古稀的她，纵是当下的我，也心生倦意，许多事力不从心。再不能如往年那般，灯影下书写，直至天明，仍旧无碍。有时斟酌几段文字，思量些许词句，都觉繁难，怎及年少时才思敏捷，落笔如流。

蒙苍天厚爱，有此福报，故而谨慎用之，不敢荒废，更不能提前消耗。要我做到一箪食，一瓢饮，在陋巷，也并非不能。但内心深处，仍有执念，不可释解。如若余生居深深庭院，推窗看水，倚山栽梅，岂不妙哉？

人世万般不是自己的，借用而已。纵是用，也要恰到好处，有情有理。我之所得，皆凭自己多年艰辛而来，不亏欠于人，无伤他人利益，有何不可？一砖一瓦，一桌一椅，乃至一草一木，一针一线，都是自己所挣取，大可心安。

在有限的光阴里，我亦知少事惜福，平心远祸。世间的华贵，我也要安享，藏茶藏书，自不问世间离乱。况山水有灵，与我心意相通，何劳岁月赏赐？待那时，山间再修一茅舍，搁置农具，栽些果蔬；疲累时，煮壶野茶，又是一番境界。

老了万缘皆尽，我心亦从容，自不落凄凉。愿母亲，远离病痛，余下的光阴，都是安稳的。如此，少一事，又能给她添寿添福。而我，寄情湖山，一茶一酒，人间至乐也。

文章妙意，只是恰好

文章做到极处，无有他奇，只是恰好；

人品做到极处，无有他异，只是本然。

近日来，心事荒芜，头疾总犯，只想懒散地晒太阳、喝茶。我与一故友倾诉，只道："我不想写字，只想静静喝茶。"她说："那就不写了，我也不想你辛苦，伤神。打理一下茶店，小本经营，应够生活。"

纸窗竹榻，瓦屋喝茶，最得闲趣，亦是我此生的向往。可静心一想，若不写字，我能做些什么？素日我除了写字喝茶，再无长处。慷慨心性，不喜算计，自不适合经营生意。朴素自然，大方纯粹，也不烟视媚行。

母亲也常说，我是温室里的兰，不宜凡尘喧闹。这些年，幸得文字喂养，让我衣食无忧，茶酒不缺。若有一日，我当真搁笔，再不行文，又该拿什么来抵消漫长纷繁的岁月？当下所拥有的一切，是否经得起光阴消磨，始终稳妥？

慢火煮茶，落笔成章，细水长流的日子，有何不好？行文虽累，处世又何尝不累，倘若以喝茶赏花的闲情，用来写书撰文，无是非善恶，无名利喧扰，自有一种地久天长。

人在世间，无论是经营什么，都会有所缺失，亦难免怅憾。纵是寻常百姓的日子，看似简洁朴实，也时时有良机，处处有沟壑。祖上也是做生意的，深宅大院，富庶一时，后经乱世，万贯家财散作烟尘，无处拾捡。

从头再来并不可惧，只要勤俭养廉，抱朴守拙，又将有一番天地。父亲未能继承家业，两手空空，一个人历尽风霜，才有了后来的温饱。自遇到他倾心的女子，成家立业，人世方有了真正的依托。

一名平凡的乡村医生，得以惠誉村邻，依靠的是清洁的人品与高尚的医德。数十年来，他不畏艰辛，救人于危难，解人病苦。母亲曾问过他，是何种力量让他风雪不惧，毫无怨言。父亲答："医者父母心，治病救人是天性，也是本然，自当义不容辞。更况，这份职业，养活了妻儿，日子有了寄望。"

所谓择一事，终一生。父亲做到了，他生前不曾丢下他的病人，没有放下他的医书。一怀正气，浩荡无私，几多悲悯，令人感动。父亲几经灾劫，纵病时也未曾舍弃他的旧业，我又怎能轻言搁笔，做个彻头彻尾的闲人？

若非与文字十年相守，我岂有今日成就？更无将之丢弃的资格。我与文字的距离，曾是山迢水远，用了漫长的时光，才与之相亲。往后的岁月，我们之间，该是白雪与梅花的情意，翠竹与清风的态度。

古人云："文章做到极处，无有他奇，只是恰好；人品做到极处，无有他异，只是本然。"文如其人，行文者，必须有高洁端庄的人品，方可写出明净疏朗的文字。至于文章的妙意极致，则是如光风霁月的洒落胸襟。

学问的深浅，源于一个人的品性高低，以及人世的阅历，内心的旷达与慈悲。好的文章，无须太多华丽辞藻装点，平易简洁恰好。为人处世，亦不可投机取巧，不虚伪矫揉，活出自然本性则好。

有人说，我只是读过你的书，不曾惊扰你的世界，仅此而已。还有人说，我只是在恰好的时间，途经你的一段岁月，不必相识，即已相知。世态纷纭，与我有一本书的机缘，无论是否喜欢，有无共识，我都将感恩。

天地万物，尚有残缺，怎可尽善尽美。人品再好，也不能做到极致，文章再妙，亦不能迎合众生。一切妙处，皆是本然。或有许多缺陷，不够完美，也是合情合理。于文字，我非智者，于俗事，我本凡人。

我是个对景伤离，睹物思远的人，内心有千丝万缕的情感，也只能凭借文字来表达。我又是一个念旧固执之人，因而不喜与纷扰的外界，过多地相处。所有的欢喜，一切文字源泉，都是安静清澈的。

世事人情，本就没有太多新意，文字亦是相同。纵是前人留下的经典，乃至后世撰写的传奇，也是一样。恰如汉唐文明、宋词元曲，所有的妙意，皆在今天。万物都可作诗料，而诗词曲赋，所绘的也都是万物之景，人世之情。

有时候，文字可以脱离俗尘，有无限意思。但又字句分明，多少喜忧都在其间，真实得如泣如诉。想从前，也经历了许多繁华沧桑，可一旦与文字相对，只觉心中皎洁如水，人若莲花。

这万般的好，千金难买，我何以忍心舍弃？是文字让我知道，做人该有的谦卑，亦知道，处事的豁达。许多放不下之事，在圣贤之语中顿悟，得以释然。心中惆怅郁结时，读一首诗或一阕词，直抵柔软之处，瞬间解脱了悲喜。

想着当年父亲背着药箱，一朝一夕，他都珍重，我深知那是他做人的礼数与庄严。他虽平凡，不够出色，却与天下豪杰无异。而母亲，对着廉价的日常用品，仍是倍加珍惜，因为这样，让她踏实且清安。

平实的人生，不必风雅，真切的文字，也不用虚花。倘有妙语，也只是恰好而已，若有不尽意处，亦当谅解。写文跟做人一样，糊涂则繁复，通透则简单。既如此，何必困扰于心，存在未尝不好，放下又有何不可？

冬日夜长，晌午一过，只几盏茶的工夫，便近黄昏。一日光阴，就这样匆匆过去，尽管付诸文字，却也是在修行。做不到达观忘忧，亦可消去一些尘虑，解开些许情结。

窗外落木萧萧，触眼是深冬的凉，是无边的静。至少，今日的我，倚着门窗，不再有天涯过客的怅然。可见，心已安，而黄昏也不是从前那样让人惶恐。世事变迁，果然会改变许多，尽管我还不能足够地享受安逸。

待枯叶落尽，只留几树老梅，在清旷的天地间，候一场风雪，该是另一种美。到那时，诗文找到了寄托，内心也不再荒凉。

年关将至，该寻个好日子，掸去门窗的尘，也掸去心中的尘。人生有了新意，文字想必又有一番情境。须知，光阴无穷无期，思绪也是不竭不尽。

天地和气，人心喜神

疾风怒雨，禽鸟戚戚；霁日光风，草木欣欣。
可见天地不可一日无和气，人心不可一日无喜神。

晨起头疾犯了，疼痛难挨，只觉天昏地暗，万物皆悲。这病，随了我多年，许多药物亦不能缓解，终究是劳心伤神所致。

几多无奈，唯有落泪啼哭，一解忧愁。哭泣非但于事无补，反使病重。后坐于阳光下，煮茶听曲，心思慢慢静下来，终稍做缓解。

我病时与人不同，室内须窗明几净，但凡所见之处，皆要明朗通透。自身亦是比寻常时齐整洁净，一袭白衣，不染纤尘。瓶花不可缺，热茶不可少，世事皆放下，不为人所扰。

　　冬日暖阳，真是一寸如金，可解灾病，可消愁怨。想起前几日读《菜根谭》之句："疾风怒雨，禽鸟戚戚；霁日光风，草木欣欣。可见天地不可一日无和气，人心不可一日无喜神。"

　　疾风怒雨，禽鸟戚戚，天地昏暗，飞沙走石，万物生灵奔走呼号，散乱错落。而霁日光风，草木欣欣，天地间一片和气喜色，令人心旷神怡，万虑皆消。可见，人之气韵精神，何其重要。天地不可一日无和气，人心不可一日无喜神。

　　若心思细腻，缠于旧事，执念太深，则愁容满面。再美的风景，也成了虚设，毫无意义。若心胸豁达，万事忽略，懂得宽解，则神清气爽。纵遇乌云蔽日，明月西沉，也会另有一片云天。

　　鬼怪出没处，一般是荒山野岭，寂寞深林。那里，荆棘丛生，荒草疯长，野兽出没，禽鸟戚戚。而仙佛来往处，天地清澈，山水温丽，万紫千红，赏心悦目。

　　一个人的气度，可见其格局。不可人前随意流露自身的低落情绪，亦不可逢人便吐露自身的遭遇或困境。为人乐观豁达，好过傲慢冷漠。处事从容稳重，胜过慌张凌乱。愁病多伤身，又易感染别人。孤独太狭隘，阻挡了本该有的境界。

还记得黛玉初进荣国府，众人见她身体面庞怯弱不胜，却有一段自然的风流态度，知她有不足之症。后黛玉说，她自来如此，从会吃饮食时便吃药。请多少名医修方配药，皆不见效。

直到三岁那年，一癞头和尚，要化她出家，父母不从。他只道："既舍不得他，只怕他的病一生也不能好的了。若要好时，除非从此以后总不许见哭声，除父母之外，凡有外姓亲友之人，一概不见，方可平安了此一世。"

林黛玉来世间本就有还泪一说，要她不见哭声，何以做到？故她的病，来到贾府，住进潇湘馆，愈发地重。她对宝玉有情不能言说，寄人篱下深感凄凉，有缘无分更是痛心。

若黛玉懂得自我宽解，不寄弄诗词，不抚琴哀叹，学会随缘即安，亦不会困于花落人亡两不知的悲凉境地。可她偏生心性过高，不落俗流，执于情爱，痴迷诗文。

大观园有享不完的荣华富贵，食不完的珍馐百味，赏不尽的烟柳画桥。她虽寄身于此，却得贾母万千宠爱，除此心病，世间万般她要的，贾母皆会力所能及地给她。

明明是风和日丽，繁花似锦，她眼中却是风刀霜剑，秋雨秋窗。

大观园奇花异草，景致如画，她独爱那几竿素净的修竹，四季如常。

"黛玉一进院门，只是满地竹影参差，苔痕浓淡，不觉又想起《西厢记》中所云：'幽僻处可有人行？点苍苔白露泠泠'二句来。"她所见的景致，总是太过冷漠，让人触景伤情，哀戚不已。

宝钗所居之处，虽也清净，却是《离骚》书上的仙藤异草，味香气馥，非花香之可比。"进了蘅芜苑，只觉异香扑鼻。那些奇草仙藤愈冷愈苍翠，都结了实，似珊瑚豆子一般，累垂可爱。"

室内如雪洞一般，一色玩器全无，衾褥也十分朴素。宝钗素净淡雅，却有香草美人的芬芳与高洁。她气韵不俗，内心强大，从容自安，坚贞不屈。她才德兼备，涵养大度，为人落落有情，吟咏的词句亦是含蓄浑厚。

那次，黛玉在牙牌令上无意道出《牡丹亭》和《西厢记》里的词句。后宝钗私下相劝，一番道理，让人信服其雅量与真心。她只道："作诗写字等事，原不是你我分内之事，究竟也不是男人分内之事。男人们读书明理，辅国治民，这便好了……你我只该做些针黹纺织的事才是，偏又认得几个字，既认得了字，不过拣那正经的看也罢了，最怕见了些杂书，移了性情，就不可救了。"

宝钗的才情不输于黛玉，论风流灵巧，自是黛玉别有情怀。论浑厚含蓄，则是宝钗更胜一筹。况宝钗博览群书，见识深广，不同于寻常侯门绣户的女子。她亦喜诗词，却不似黛玉那般痴迷，更不会沉湎其间，移了心性。

探春邀请众姐妹创办了桃花诗社，黛玉心中有了寄托，多次独领风骚，令人称羡。她的世界，孤独而冷清，外界的一切纷繁，她皆不爱。纵是缠绵病榻，仍不忘临笔写几首诗，以寄心怀。后悲伤无望，魂断潇湘，亦只是焚了诗稿，与她不曾热爱的尘世决绝。

黛玉的病，皆因她不够心宽，喜散不喜聚之冷落性情。诗词虽妙，却只是用以打发时光，况旧时女子，无才便是德。她却寄寓深情，移了心性，葬花伤离，便成了一场不可逆转的悲剧。

人世风尘，原本就是阴晴无定，冷暖交织。若心境不够宽阔，所见的风景，所经历的行途，皆是萧索逼仄。倘内心足够坚定强大，任凭风云变幻，河山更改，亦不轻易为之所动，而落于困境，沟壑难填。

自古多少描写日丽山河之锦词妙句，读罢令人神清气爽，空灵闲适。白居易提笔写江南之景："日出江花红胜火，春来江水绿如蓝。"陶渊明写田园之风："山气日夕佳，飞鸟相与还。此中有真意，欲辨已忘言。"

　　行至水穷，也要坐看云起。纵山路崎岖，逶迤宛转，亦可柳暗花明。天地不可失和气，人心不能无喜色。万物有情，滋养众生，人心温暖，又照彻了天地。故光阴无穷尽，岁月无尽期。

心体澄彻，意气和平

心体澄彻，常在明镜止水之中，则天下自无可厌之事；
意气和平，常在丽日光风之内，则天下自无可恶之人。

一夜的雨，梦里河山一片清澈，明静如水。而我，仍是那小小女孩，倚在母亲身畔，看她于灯火下缝织衣衫。透过古朴的木窗，见天井纷飞的絮雪，下得那般绘声绘色，喜悦慷慨。

父亲还是年轻时模样，背着药箱问诊归来，抖落满身的白雪，喝一碗母亲热好的姜茶。烧旺的炉火，热闹闹的，给那寒冷静夜的山村，添了温情和暖意。许是因为有太多的念想，故而会这样频频入梦来。

醒来，窗外有了些许微光，透过竹帘，柔和清嘉。念着父亲亡故近三年，母亲老病缠身，风烛残年，何以福寿安康。而我也生了白发，寄身江南十余载，苦乐年华，悲喜交织，阅尽风霜。

我深知，父母所愿，则是希望我在喜爱的城里安身立命，不再孤影漂泊。这些年，我认真努力，不招惹世事，不忘幼时的苦楚。父母的恩情，我亦是切切记于心，善待自己，便是对他们最好的报答。

小院里的老树寒枝，于阳光下，显得格外端正。室内光影悠闲，我煮茶畅饮，心中透彻释然，毫无悲意。有鸟雀飞过，栖于枯枝上，转而又去了远方。

幼年喜坐门槛上，看瓦屋栖息的飞鸟，看庭院竹梢高过墙檐。如今依旧这样，见闾巷明净，仿佛就是故园。

趁着晴好日光，我腌制了些许腊肉、咸鱼，用针线穿好了几串长长的红辣椒，挂于窗檐下。繁闹中，是让人喜爱的烟火盛世。幼年这些事，皆是母亲所做，如今交付于我，有一种沉甸甸的温暖与珍贵。

《闲情偶寄》也曾说："好香必须自焚，好茶必须自斟。"以往不觉，而今亲制许多琐事，才知其深意。一衣一物，一餐一食，若经了自己的双手，亦更有情意。来日自己开垦菜畦，栽种时蔬，俨然画上的村妇，岂不更妙？

闲下来喝茶，捧读《菜根谭》，得句："心体澄彻，常在明镜止水之中，则天下自无可厌之事；意气和平，常在丽日光风之内，则天下自无可恶之人。"古人的文章词句，真是妙，境界比之今人，更胜一筹。

清亮的茶汤，让人心体澄澈，于明镜止水中，觉天下万物皆好，无一切可厌之事。意气平和，无哀怨，不计较，则常在丽日光风中，而世间亦无可厌之人了。

其实，文字与生活，还是有所差别。于文字中，我尚算有些灵气和悟性，一副不与世争，万般随缘之态。生活上，我亦是不喜繁复、纠缠之人，凡事能省则省，尽量避免与人交往，为求纯粹简单。

心中却时常五味杂陈，千回百转，难以做到明镜止水，波澜不惊。人处世间，有太多的纷繁琐碎，需要你去迎合，为之妥协。你想掩门不惊，但世事会来缠你，你不想与人相识，然自有人会来寻你。

要不然如何会说，道理都懂，依旧过不好这一生。要过好这一生，何其容易，只能意气平和，宽容处世，多几分真诚，少一些妄念。如此，心体澄澈，思虑减少，山水有清音，万物亦随之柔和温润了。

以往出门，母亲总在我耳畔念叨："出门在外，要和气做人，凡事不可依顺自己的性子。心思端正，朴实大方，保持一份善良，也就无惧无畏了。"

道理我是听进去了，奈何心性倔傲，不肯低眉。宁愿独守清苦，亦不要与人多有往来，更不要依附于谁，丢了骨气。今时人前却肯低低的，唯恐别人说我傲娇。可见做人有多难，不仅是为自己，亦要在意世俗的目光。

虽说不是低落尘埃，却也是尽力做到亲和。更多时候，则是坚守自己内心的洁净，不与人相争，便无可厌恶之事。吃点小亏，受些苦楚，也是无妨，心底辽阔，可藏山纳海，又怎会在意一城一池的得失？

父亲一生忠厚老实，乐于助人，骨子里，却是几多骄傲。年轻时救死扶伤，得邻人敬仰，暮年病痛缠身，被故人遗忘。想来他心中，亦有许多委屈，无人言说。一个人，漫步林间，穿行江畔，来往如一场寂寞的风。

纵一生功德，被人忽略，他仍自心体澄澈，意气平和。从未感叹世事无常，不怨怪人情薄冷，日子将就着过，好的，不好的，自己默默承担。或也有悲意，却不曾流露，一盏陈酒，便解脱了恩怨。

所以，直到离去，父亲对人世都没有丝毫抱怨。他像一株药草，喜爱丽日风和，却又总遭逢雨雪风霜。但他的心思，却是平正的，从不羡慕谁，也不与谁为难。他是世间最平凡的父亲，生前寡言沉默，与我无多交流。死后让我念及其平生一切，如高山大河，让人敬仰。

我有父亲的骄傲，又有母亲的慷慨。然我们共同之处，则是做一名安分守己的百姓，可以谦和，可以卑屈，却要一直有情有义。有了这样的心境，世间便无不平之事，更无可厌之人。所有的猜疑妒忌，都可忽略不计。所有的过错缺失，都值得原谅。

这些年，我待人处事，或是行文写书，皆因了这份澄澈平和，而得以细水长流。不献媚于谁，也不与谁争，一言一行，一字一句，都是真实的自己，经得起岁月的推敲。亦因此，从来不与人结怨，也不遭人忌恨，日子过得心安理得。

行文将尽意未尽，心中似有万语千言，尚不曾说完。倘若没有文字，我又该以何种方式，与你们心性相知，与万物灵魂相通？此刻，就像一出即将散场的折子戏，台下的人等着离去，台上的人，还在戏里走不出来。

南国的午后，阳光未尽，暖室里的蜡梅含苞待放，却先有着散之不去的浓郁。人世亦如花开，从初时的矜持含蓄，到后来的热烈奔放，皆是全心全意。我心里有许多感激，仍是无以言说，回首过去的时光，以及将来的一切，都是好的。

江山无限，对着这花，我像看见了自己，无须装扮，已是素雅天然。此生，我要像梅花一样安定，守着古老屋檐，一座墙院，哪儿也不去了。

图书在版编目（CIP）数据

人生怎可安闲 / 白落梅著. -- 长沙：湖南文艺出版社，2020.6

ISBN 978-7-5404-9666-1

Ⅰ. ①人… Ⅱ. ①白… Ⅲ. ①散文集－中国－当代 Ⅳ. ①I267

中国版本图书馆 CIP 数据核字（2020）第 078585 号

上架建议：畅销书·文学

RENSHENG ZEN KE ANXIAN
人生怎可安闲

作　　者：白落梅
出 版 人：曾赛丰
责任编辑：丁丽丹
监　　制：刘 毅
策划编辑：刘　毅
特约编辑：陈晓梦
营销编辑：刘晓晨　刘　迪　初　晨　段海洋
封面插图：老树画画
封面设计：末末美书
版式设计：梁秋晨
内文插图：老树画画
出　　版：湖南文艺出版社
　　　　　（长沙市雨花区东二环一段 508 号　邮编：410014）
网　　址：www.hnwy.net
印　　刷：天津丰富彩艺印刷有限公司
经　　销：新华书店
开　　本：875mm × 1270mm　1/32
字　　数：169 千字
印　　张：8
插　　页：4
版　　次：2020 年 6 月第 1 版
印　　次：2020 年 6 月第 1 次印刷
书　　号：ISBN 978-7-5404-9666-1
定　　价：48.00 元

若有质量问题，请致电质量监督电话：010-59096394
团购电话：010-59320018